中公文庫

春を恨んだりはしない

震災をめぐって考えたこと

池澤夏樹
鷲尾和彦 写真

中央公論新社

目次

春を恨んだりはしない

震災をめぐって考えたこと

1　まえがき、あるいは死者たち

これまで死者に会わなかったわけではない。

六十数年の人生でぼくは何人もの肉親や友人を失った。棺《ひつぎ》に納まった姿に別れを告げたことも十回を超えている。

しかし、それはどれも整えられた死者だった。親しい者が逝くという衝撃的な出来事を受け入れやすくすべく、社会は周到な準備をする。悲しみを容れるための器は事前に用意されていた。

彼らの大半が病気という過程を経て旅立ったことも残された心の準備に役に立った。事故とちがって病気には時間の余裕がある。近い者ほど長くそばに居て看取《みと》ることができる。

彼らは一人また一人と間を置いて旅立った。一度にたくさんの身内や友人を失うようなことはなかった。

だが、こうやって死を分類してそれが何になるというのだ？

誰かがいなくなったことにかわりはない。

今年三月十一日、たくさんの人が亡くなった。逝った者にとっても残された者にも突然のことだった。彼らの誰一人としてその日の午後があんなことになるとは思っていなかった。

報道に接した時の衝撃を何度も思い出す。

衝撃ではあるが、ぼくの場合、それを間接化して和らげる要因もいくつかあった。

東北地方の太平洋側は知らない場所ではないけれども、自分がいるところからは遠かった。この日までに会ったことがある人、顔と名前を覚えている人は死者の中にいなかった。

数字が大きすぎて実感が湧かないということもあった。何万人もが亡くなったのではなく、一人の人が不慮の事故で亡くなるという事件が同時に何万件も起こったと考えるべきだ、という主張も納得できる。それはそうだけれども、やはり大量死は数字に還元されやすい。

たくさんの人々の死の状況を知ったのはメディアによってだが、日本のメディアは遺体＝死体を映さなかった。週刊誌のグラビアでほんの一部が映っているのがあったくらい。

また、津波が市街地に押し寄せる場面は多く見たけれども、本当に人が死んでゆく場面は巧みに外されていた。カメラはさりげなく目を背けた。

しかし、遺体はそこにあったのだ。


四月九日に宮城県の女川《おながわ》に行った時、県道から分岐する細い道の入口に「仮土葬場」という案内と矢印があった。火葬が間に合わないので一時的に土に埋めているという話は聞いていたから、そういう場所なのだと思った。

しかしそれも一瞬のことで、自分で運転していなかったこともあって、ついそのまま通り過ぎるに任せた。

過ぎてからその場の様子を想像した。

雨に濡れた地面の下に亡くなった人たちがいる。

冷たい地面の中で、その地面と同じ温度になってしまっている。もう生き返ることはない。話さないし、歩かないし、笑いもしない。いかにも急いで整地された感じの地面の下に人々がいる。目覚めることはないのだから、眠っているなどとは言うまい。死んで体温を失った人たち。モノになってしまった人たち。

これが今回ぼくが最も遺体に近づいた時だった。

同じ日の「朝日新聞」は前日の時点での死者の数を一万二千七百八十七名、行方不明者の数を一万七千三百七名と報じていた。行方不明者の中には後に生きていることが判明した人もいるが、死者の列に加わった人も多くいる。

東北地方にはまだ五千名近い行方のわからない人々がいる。赴く時にはそれを空気の中に感じ取らなければならない。

あの頃はよく泣いた。廃墟に立って手放しで泣く老人の写真に泣き、震災の一週間後にあった従兄《いとこ》の葬儀では泣かなかったのにその翌日の親友の娘の結婚式で花嫁姿に泣き、東北の被災地に入った看護師の報告のブログに泣いた。

あれから何か月もたって、復興の遅滞と放射能の恐怖がもっぱらの話題になり、最初の日々の衝撃はメディアの表面から遠のいたように見えるが、ぼくは死者と行方不明者のことをまだ遠いものとできない。津波の映像を何度となく見直し、最初に見た時の衝撃を辿り直す。

「河北新報」や「朝日新聞」など各紙が出した最初の一か月の縮刷版を読み返す。「サンデー毎日」緊急増刊の写真集を見る。あるいは昭文社の『東日本大震災　復興支援地図』を何度となく開き、浸水域の広さにため息をつく。

薄れさせてはいけないと繰り返し記憶に刷り込む。

あの時に感じたことが本物である。風化した後の今の印象でものを考えてはならない。破壊された町の復旧や復興のこと、仮設住宅での暮らし、行政の力の限界、原発から洩れた放射性物質による健康被害や今後の電力政策、更には日本の将来像まで、論ずべきテーマはたしかに多い。

社会は総論にまとめた上で今の問題と先の問題のみを論じようとする。少しでも元気の出る話題を優先する。

しかし背景には死者たちがいる。そこに何度でも立ち返らなければならないと思う。

地震と津波の直後に現地で瓦礫《がれき》の処理と同時に遺体の捜索に当たった消防隊員、自衛隊員、警察官、医療関係者、肉親を求めて遺体安置所を巡った家族。たくさんの人たちがたくさんの遺体を見た。彼らは何も言わないが、その光景がこれからゆっくりと日本の社会に染み出してきて、我々がものを考えることの背景となって、将来のこの国の雰囲気を決めることにはならないか。

死は祓《はら》えない。祓おうとすべきでない。

更に、我々の将来にはセシウム１３７による死者たちが待っている。撒き散らされた放射性の微粒子は身辺のどこかに潜んで、やがては誰かの身体に癌を引き起こす。そういう確率論的な死者を我々は抱え込んだわけで、その死者は我々自身であり、我々の子であり孫である。不吉なことだが否定も無視もしてはいけない。この社会は死の因子を散布された。放射性物質はどこかに落ちてじっと待っている。

我々はこれからずっと脅えて暮らすことになる。冷戦の時代にいつ起こるかわからない全面核戦争に脅えて暮らしたように、今度は唐突に自分の身に起こる癌死の可能性に脅えて暮らさなくてはならない。我々はヒロシマ・ナガサキを生き延びた人たちと同じ資質を与えられた。

これらすべてを忘れないこと。

今も、これからも、我々の背後には死者たちがいる。

2　春を恨んだりはしない

三月十一日以来、いろいろなことを考えている。

あまりに多くの考えが湧いてきて収拾がつかなくなっている。今になってもまだ瓦礫の原をさ迷うような混乱状態。

その中でもがくうちに、人は常に架空の対話という形でものを考えているのではないか、という考えが湧いた。

想念はいつも何者かに対して話し掛ける形で頭の中から湧いて出る。

文章は常に読み手の存在を前提としている。つまり、すべての文章は大きな対話の片割れにすぎない。まったくの虚無に向かって発せられる言葉はない。それは言葉というものの定義に反する。言葉には相手が要る。

例えば、得難いものを得た時の喜びが特定されない誰かへの感謝という形で口をついて出るとしよう。その相手を特化して神格を与えれば神になり、神という概念を精緻に組み立てるとキリスト教など契約の宗教になる。

そこまでの準備のない普通の日本人の場合、「ありがたい」の原義は「有り難い＝（こんな幸運は）稀である」でしかないが、それでも謝意は充分に盛り込まれている。「運」は超越的な何かによって世界の外から配られるものだということがさりげなく前提としてある。

大きなものを失った時の嘆きはもっとはっきり誰かに対する恨みとなって囁かれる。自分に配られた運命の理由を問い詰める、その不当を訴える。相手はやっぱり神様だろうか。しかし、それを抑える度量もまた人間の中にあるのだ。

震災はたくさんの証言を生んだ。ずいぶん多くの話を聞いたが、その中で何度となく戻って来るのは山浦玄嗣《やまうらはるつぐ》さんから聞いた一連の被災譚だ。

山浦さんは津波で壊された大船渡《おおふなと》の医師であり、カトリックの信徒であり、優れた言語学者である。普通、語学に優れた人というとたくさんの言語に習熟した人物、いわゆるポリグロットを言うが、山浦さんは語学と文学のちょうど中間の地点に立った創造的な碩学《せきがく》。自分が住む気仙《けせん》地方で日常使われる言葉を文法と語彙の両方から整備し論理化して大部な『ケセン語大辞典』（無明舎出版）を作り、それを土台に四つの福音書をケセン語に訳した。井上ひさしが『吉里吉里人』の中で東北独立国家のスローガンとした「俺達《おらだ》の国語ば可愛《めんご》がれ」を徹底して実践したわけで、これほどイエスの言葉が心に響く聖書はかつてなかった。日本語にとってもキリスト教にとっても瞠目すべき偉業である。

一度お目にかかってお話ししたいと思いながらなかなか機会を得なかった。ここ数年来そうやって待っていたところへ震災が来た。ぼくは東北地方に住む身内や知人たちに加えて山浦さんの身を案じた。

三月二十三日になって、グーグルが作った消息サイトで無事であることを知った。普段ならまずしないことだと思いながら、「心から安心しました。いつかお目にかかりに伺います」と書き込んだ。

四月十日、取材に行っていた大船渡で、事前に一本の電話もないまま、山浦医院を訪れた。たまたま日曜日の午後で医院は休み。教会から戻られた山浦さんに迎え入れられて、ゆっくり話すことができた。話すというよりこちらが聞くことばかりだ。初対面とは思えず、ずっと昔から知っている仲のようだった。

山浦医院は大船渡の盛町《さかり》にある。海からは離れていて、四月十日には津波の跡はそれとは見えなかった。ぼくは医院に行く前にもっと海に近い地域の惨状を見ていたから、盛町を見てここは大丈夫だったのだと考えた。

山浦さんの話では、実際にはこの医院も床上まで水が来たのだそうだ。近所では目の前で流される人に手を差し伸べて、救えた人もおり救えなかった人もいたという。翌日から医院の中に浸入した泥を外に出し、水道も電気もない中で凍えながらスタッフと共にたくさんの患者を診た。それが何日も何日も続いた。

心を揺すぶられる話がいくつもあった。

その中でとりわけ大事なことを二つだけここに書く――

昔からよく知っている老いた患者がやってきた。診察しながら「生きていてよかったな」と言うと、「だけど、俺より立派な人がたくさん死んだ」、と言って泣く。気づいてみると患者と手を取り合って泣いている、医者なのに。

それでも、たくさんの人の罹災の話を聞いたけれども、「なんで俺がこんな目に遭わなければならないのか?」という恨みの言葉にはついに出会わなかった。日本人は、東北人は、気仙人は、あっぱれであると山浦さんは言う。

人は生きて暮らすうちに、いろいろなものに出会う。大きな出会いは「運命」として受け取られる。つまり、これはどこかから自分に向けて送られたものであると思って受容するわけだ。

ここで、冒頭に記した「想念はいつも何者かに対して話し掛ける形で頭の中から湧いて出る」というところに話が戻る。

ホモ・サピエンスは言語の能力を手に入れた。それは共に暮らす仲間との意思疎通・情報交換のためのものだったから、最初から会話の形をしていた。しかし言語というものに習熟するうちに、仲間が誰もいないところでも頭の中から言葉が湧いて出ることに気づいた。その場にいない誰かを相手とする架空の会話が成り立つ。相手がいないのだから、相手の意見や性格に左右されることがなく、この会話はいくらでも抽象的に展開できる。そのようにして信仰や哲学が生まれる。

語りかけは願いであり、願いは祈りとなり、仮想の相手はやがて神として姿を整えられてゆく。単純な言葉は定式化された所作や専用の定型句によって儀式として整備され、対象は一柱ずつ神格を得て、アニミズムの宗教となる。

言葉によって想像力が生まれ、想像力が架空の会話を可能にして、それが思想を生んだ。

ぼくは自然というものについて長らく考えてきて、自然は人間に対して無関心だ、ということが自然論のセントラル・ドグマだと思うようになった。

自然にはいかなる意思もない。自然が今日は雪を降らそうと思うから雪になるわけではない。大気に関わるいくつもの条件が重なった時に、雲の中で雪が生まれて地表に達する。それを人間は降る雪として受け取り、勝手に喜んだり嘆いたりする。その感情に自然は一切関与しない。無関心は冷酷よりもっと冷たい。感情の絶対零度。

このことに関してまず読むべきは宮澤賢治の短篇「水仙月の四日」である。あの話に出てくるような雪婆《ゆきば》んごや雪童子《ゆきわらす》はいない。だが、それをいるとしたところから話が始まる。自然を前にした人間の物語が始まる。

雪婆んごは気象学でいうところの降雪特異日にたくさんの雪が降るように差配する自然の化身であるから、人間に対してはつとめて不人情であろうとする。「おや、をかしな子がゐるね、さうさう、こつちへとつておしまひ。水仙月《すゐせんづき》の四日だもの、一人や二人とつたつていゝんだよ。」(『宮沢賢治全集8』ちくま文庫)と言う。それに対して雪童子はもう少し人間に近い気持ちでいて、意思をもって一人の子供を救う。宮澤賢治は自然の無関心という原理をすっかり理解した上で、それでも自然に少しでも人間に対する配慮があってくれたらと夢想して、「水仙月の四日」という話を書いた。自然に対する人間の甘えが透けて見えるような短篇で、だからこそ人間の胸に迫る。

津波があと一メートル下で止まってくれていたら、あと二十秒遅かったら、と願った人が東北には何万人もいる。何万人もの思いは自然に対しては何の効果も影響力もなく、津波は来た。それが自然の無関心ということだ。

では、「あと二十秒遅かったら」という思いは誰に向けて発せられたのだろう？

自然は人間に対して無関心だとわかった上で、それでももう少しなんとかしてくれてもいいではないか、という思いを捨てることができない。一人一人の人間にとって、自分の生命と暮らしはあまりに大事で、それにしがみつくことはそのまま自分が生きている証である。人類が生き延びても、文明がこれからも栄えたとしても、自分がその場にいないのでは何の意味もない。そういうことを人の心のことなど何も知らない自然が決めてしまっていいものか？

ぼくは堂々巡りをしているかもしれない。

震災以来ずっと頭の中で響いている詩がある。ヴィスワヴァ・シンボルスカの「眺めとの別れ」。

その最初のところはこんな風だ——

またやって来たからといって
春を恨んだりはしない

例年のように自分の義務を
果たしているからといって
春を責めたりはしない

わかっている　わたしがいくら悲しくても
そのせいで緑の萌えるのが止まったりはしないと
……………

（沼野充義訳『終わりと始まり』未知谷）

これは彼女が夫を亡くした後で書かれた作品だという。
この春、日本ではみんながいくら悲しんでも緑は萌え桜は咲いた。我々は春を恨みはしなかったけれども、何か大事なものの欠けた空疎な春だった。桜を見る視線がどこかうつろだった。
古歌の「深草《ふかくさ》の野辺の桜し心あらば今年ばかりは墨染めに咲け」を思い出したのは当然の連想だっただろう。桜の華やかさは弔慰《ちょうい》の春にはそぐわない。だから薄いねずみ色の、喪の色の桜を、と自然に向かって言う。だが自然は無関心だから例年のように華やかな色の桜を咲かせ、それを見てやはり我々は安心したのだ。

ではなぜ、地震や津波が「襲った」と言うのだろう？

まるで自然に害意があったかのようではないか。

地震についてプレートテクトニクスの理論は精緻に説明をしてくれる。それはいくつもの要因が重なった結果の一つの事象であって、降る雪と同じ、あるいはこの文章をぼくが書いているたった今の気温とまったく同じ種類のことだ。摂氏二十二度であって二十三度ではないことに意味はない。摂氏二十二度が襲ったとは誰も言わない。

結局のところ、我々は自然の無関心という科学的真実に耐えられないのだ。そのままではあまりに硬くて痛いから間に少しは柔らかいものを介在させようとする。自然に意思を措定する。

カトリックの信仰では、きちんと定義された全知全能の神はまことに厳格であって人間はその前に一人では立てない。気後れしてしまう。そこで間にイエスに入ってもらい、それでも厳しいと思ってマリアに仲立ちを頼み、まだ不安なのでたくさんの聖者を用意した。

そんな風に言うのはぼくが信仰なき身だからだろう。山浦さんは幼い時から町で会う大工や港で会う若い漁師の顔にイエスを見てきたと言う。定義からではなく心の有りようからためらいなく滑らかにイエスに向かって歩む。信仰は信頼だと言う。

ヒトは他の生物に比べて強い生存と繁栄の力を持っており、人間はそのことを自覚してきた。ユダヤ＝キリスト教ではこの世界は人間のためにこそ造られたと考える。驕《おご》りかもしれない。だからそれを戒めるために、人間があまりに倫理から外れれば、神は洪水を送って人類ぜんたいをリセットするという話も用意された。ソドムとゴモラのようにピンポイントで滅ぼされる町もあった。バベルの塔のプロジェクトは神の介入で中止を迫られた。

自然は時に不幸を配布する。それをどういう風に受け止めるか、それは一人一人が選ぶことであって他人が決めることではない。

山浦さんの、なんで俺がこんな目にと愚痴を言わない気仙人はあっぱれである、という証言の背後にあるのは、すっくと立って生きる自立した精神である。配布されたものを受け取る強靭な心である。

そこに洪水の結果をみなで分かち持とうという共同体の意識が加わる。被害はあまりに大きく、自分が大勢のうちの一人であることを疑う余地はない。壊れた我が家は地平線まで続く被災の原野の中の一軒だった。降ってきた運命を恨まないことは、俺より立派な人がたくさん死んだという無私の嘆きと一体なのだ。

陸前高田《りくぜんたかた》で五階建ての雇用促進住宅の四階まで水が届いた跡を見て、見渡すかぎりまともな姿の建物が一つとしてないかつての市街地を見て、ここが三月十一日以前に戻ることはあるのだろうかと考えた。かろうじて残った建物のコンクリートの壁に「お願い」と赤いスプレーで大きく書いて、「心あたりの方は連絡お願いします（どんな情報でも結講《ママ》です）」として住所と名前、電話番号が書いてある。記された四人の名のうち二人には「生存」と付記されているが、二人には「不明」とあるのみ。

大船渡の神社では貼り出してある「身元不明遺体情報」という紙を見た。「身長一五一センチ、丸顔、右下腹部に長さ四センチの手術痕、黒髪（白髪混じり）のパーマ、格子柄チョッキ、茶色ジャンパー、紫割烹着」というこの人は誰なのだろう。身元が知れる日は来るのだろうか。

建物は再建もできる。ぼくは阪神淡路大震災に遭った神戸市長田区で、まるで住宅展示場のようにぴかぴかの家々が並ぶ新しい市街を見たことがある。見た目はきれいだが、そこには何の記憶も匂いも生活感もないように思われた。町が失われるというのはそういうことだ。

陸前高田で生まれて育った友人がいる。長じた後も東京に住みながら郷里とは頻繁に行き来していた。

彼はこの震災で母親を亡くした。

三月十一日がちょうど八十四歳の誕生日だった母は気仙川西岸の気仙町今泉に建てた新築の家から近所の人たち二十二人と共に仲町公民館まで逃れた。その中の三人は更に裏の山に登って助かったが、残りの人たちは津波に流された。十キロほど離れた同じ陸前高田市広田の小学校に勤める娘は職場に閉じ込められたが、二日後に泥の海を徒渉《としょう》して市街地に戻り、安置所で母の遺体を見つけた。

そのことは電話の混乱ですぐに弟（これがぼくの友人）には正しく伝わらなかった。彼が母の死を知ったのは数日後、なんとか高田に行こうと東京から日本海沿いにバイクで北上し、山形県の酒田まで行き着いた時だった。吹雪になってそれ以上はバイクでは進めなくなったが、地元の友人たちが車でリレーして彼を郷里まで運んでくれた。

安置所で母と対面した。現地には棺がなかったけれど、隣の摺沢《すりさわ》という町に一つだけあると聞いて親戚の人に取ってきてもらった。合板を継ぎ合わせたようなごく粗末なそっけない代物で、しかも小柄な母がようやく納まるほど小さかった。

仮設の発電機に頼る火葬場はせいいっぱい稼働していたのだが、遺体が多すぎて確認から十二日間待たなければならなかった。それでもまだ早い方だった。待たされるのが辛くて一関や秋田の方まで運んだ人もいたという。

ようやく順番が来た時、支援物資で立派な棺がたくさん届いたと教えられた。そちらを使うことにして、粗末な棺からなきがらを移した。そういうわけで最後の一時間だけ母はその中で過ごした。

光照寺から来てくれた僧の読経を聞きながら、彼がスイッチを入れて母を荼毘《だび》に付した。骨壺が小さいので骨を砕かなければならないかもしれないと言われ、壺は使わないことにしてまだ温かい遺灰をそのまま白木の箱に入れて墓所に運んだ。墓石は倒れてはいなかったが回って向きが変わっていた。それを元の向きに戻して、遺灰を納めた。舞い上がった灰が額に触れてほわっと温かかったのを覚えている。

(この話を聞きながらぼくは、大事なことはみなこのような細部から成っているのだと思った。)

東京に戻って、もちろん母を失ったことを頭では納得しているのに、ふとした時に母に話し掛けている。桜が開いたのを見て「こっちで咲いたからそちらももうすぐだね」、と心の中で話す相手が気づいてみると母であるという。苦笑して、それから悲しくなる。

人はこんな風に行きつ戻りつゆっくりと喪失を受け入れる。失ったものについてあれこれとなく考え、嘆き、時に泣き、忘れたと思っては思い出し、本当は辿りたくない道をぐずぐず少しずつ前に進む。その過程もまた自分との対話なのだ。

自然には現在しかない。事象は今という瞬間にしか属さない。だから結果に対して無関心なのだ。人間はすべての過去を言葉の形で心の内に持ったまま今を生きる。記憶を保ってゆくのも想像力の働きではないか。過去の自分との会話ではないか。

認知症の母の世話をしている人から聞いたのだが、認知症では過去のことが戻ってこない。だから今の不満を過去の幸福な思い出で埋め合わせることができない。不満を過不足なく受け取ってしまうから、どうしても言うことがきつくなるという。言い換えれば過去の自分との会話がない。あるいは、明るいこともあるはずの未来への投射がない。そういうものはみな想像力の所産だから。

春を恨んでもいいのだろう。自然を人間の方に力いっぱい引き寄せて、自然の中に人格か神格を認めて、話し掛けることができる相手として遇する。それが人間のやりかたであり、それによってこそ無情な（情というものが完全に欠落した）自然と対峙できるのだ。

来年の春、我々はまた桜に話し掛けるはずだ、もう春を恨んだりはしないと。今年はもう墨染めの色ではなくいつもの明るい色で咲いてもいいと。

仙台市

仙台市

石巻市

石巻市

女川町

東松島市

陸前高田市

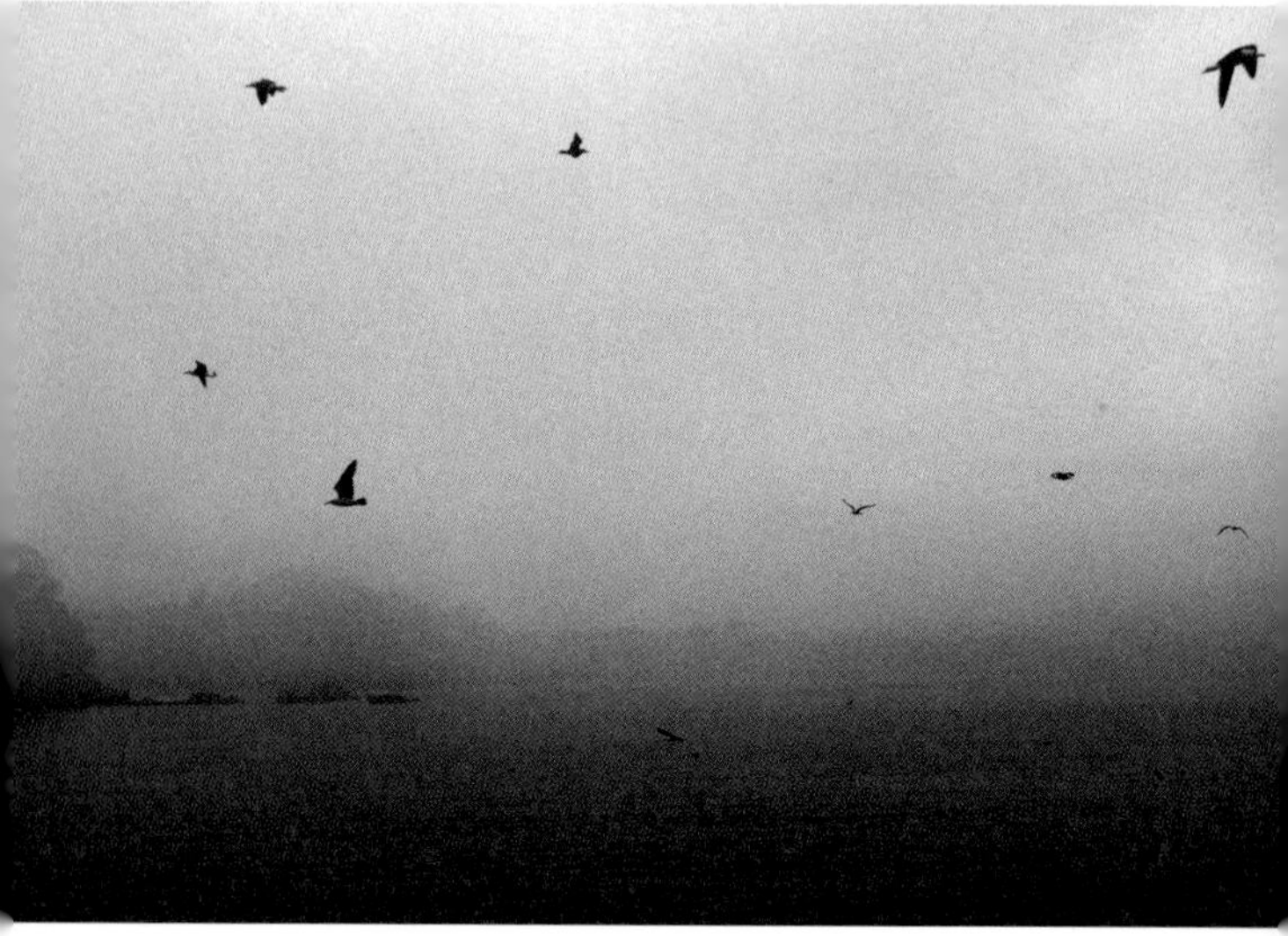

気仙沼市

3　あの日、あの後の日々

魚は水を意識しない。

それと同じで普通の人は社会や環境というものをそんなに意識して暮らしていない。何かあった時に改めて自分たちがどんなところで生きているかを考える。魚で言えば水温や、匂い、流速、塩分濃度などが大きく変わった時だ。

水と違って社会は人間自身が作ったものであり、昨今では環境も社会と連動しているから、日々の会話の中で社会や環境を話題にすることは多いが、しかし毎日は穏やかに過ぎてゆく。個人の運命に急変はあっても、たいていの場合、社会と環境はその背景にすぎない。

そう思っているところに、突然の大きな変化が来る。

負いきれないほどの重い荷をいきなりどんと押しつけられる。

準備不足のままに、うろたえながら、これはどういうことかと考え考え、なんとか目前の事態に応じて動こうとする。
その中から後日の自分のためのストーリーが生まれる。

地震に震源地があってそこからの距離に比例して被害の大きさが決まるように、人にも一人一人に事件の中心からの距離がある。

「東日本大震災」と名付けられることになる大きな事件の場合、ぼくには以前から東北に関わる縁がいくつかあった。また震災後は意図して通うようになった。

三月十一日の最初の衝撃のことはよく覚えている。

かつての他の事件の場合はどうだったか、思い出してみよう。

一九六三年十一月二十三日のケネディー暗殺は日米間で初めての「宇宙中継」で報じられた。高校三年生だったぼくは学校に行く途中だったのか、東京の荻窪駅前で知った（祝日の学校にどんな用事があったのだろう）。街頭テレビだったと思うが、詳しいことは記憶にない。ともかく荻窪駅前だった。

一九八五年八月十二日の日本航空一二三便の墜落のことはミクロネシアのポナペ島という小さな島に行っている時に伝えられた。切れ切れの情報ばかりで全容がなかなかわからなかった。飛行機への関心から帰国してからもニュースを追いはしたが、個人的な関わりは薄かった。ずっと後になって知り合った人がこの事故で父上を亡くしていたが、そう、それは後日の話だ。

二〇〇一年の九月十一日には沖縄の自宅にいた。異変を知ったのはテレビの報道だった。ぼくはニューヨークに行ったことがなかったし知人もいなかったから、最初はただただ事件の規模と映像の迫真性に驚いていたが、数日後にはこの事件について考えたことをメールマガジンで毎日発信し始めた。それを促すものがワールド・トレード・センター二棟の崩壊にはあり、応じて考えたことを世に問う準備がぼくの側にはあった。

二〇〇三年三月二十日には和歌山県南部川村（現みなべ町）の小さなホテルにいて、朝食のために降りていった食堂のテレビでイラク戦争が始まったのを知った。数か月前にイラクから戻ってずっと反戦キャンペーンをしてきた後だったからショックが大きかった。結局は戦争になってしまったかと落胆したのを今もよく覚えている。その後の展開はみんなが知っているとおりだ。

さて、今度の震災の日の午後、ぼくは札幌の自宅を離れて四国にいた。吉野川を源流から河口に近いところまで辿るという小さな旅の途中だった。一本の川を源流から河口まで見るというのは三十年以上前にナイル河でやったことで、今回はその縮小版のつもりだった。

前の日に松山で借りたレンタカーで山地に入り、長沢ダムのあたりまで行ったけれども、季節からして真の源流まで行くのは無理だとわかった。そこから下流に向かい、大川村で一泊。早朝の降雪に驚いた。ここは高知県でも気候が特別なのだそうだ。

その日は中流域まで下って、大歩危《おおぼけ》で観光船に乗った。徳島県三好市の武大《たけお》神社の近くで川原に出られるところを見つけ、ゆったりとした水の流れを見ていた。

いかにも春らしい気持ちのいい午後で、そのあたりまで来ると川は幅も広くなって水は悠々と流れていた。すぐ近くでウグイスが鳴いた。この年初めて聞いたウグイスだったからぼくは野鳥の好きな友人にメールで知らせた。

後になってみると、そのメールの時間が地震の時間だった。四国の地面はまったく揺れず、ぼくが異変を知ったのは一時間後、家人からの電話によってだった。その後は夕方から宿の部屋にこもってずっと小さな映りの悪いテレビに釘付けになっていた。

大変なことが起こったのはわかったが、その時点では判断停止、ただニュースを吸収するだけで精一杯だった。

ぼくには仙台に住む高齢の叔母夫婦がいる。ケアの付いた老人向けのマンションに住んでいる。

地震のすぐ後、まずその身を案じた（叔母はぼくが幼い時の数年間は母親代わりだったから、今でもとても親しい）。電話しようかと思ったが輻輳《ふくそう》のことを考えて、仙台にではなく函館にいる従弟《いとこ》に連絡してみた。予想のとおり従弟は函館で地震を感じ、ニュースを見てすぐに母親のところに電話を入れていた。その時は叔母は、「建物は揺れたけれどそれ以上のことはなく、棚のものがいくつか落ちて割れたくらい」と言っていたという。

それがわかって安心して、自分のことを考えた。四国では沿岸部で津波に対する警戒を呼びかけていたが内陸部は平穏だった。しかしこのままのんびり吉野川の河口まで行っている場合ではないだろう。この旅で見るべきものの一つが第十というところにある江戸時代からの堰《せき》だった。翌日の午前中、堰を対岸から見て旅は終わりとし、高松に向かった。

午後も早い時間に高松に着いて、ホテルに近いトンカツ屋で昼食を摂っている時に、店のテレビが津波の映像を映していた。後にみなが記憶に留め、しかし記憶の中に封じ込めておきたいと思うようになった破壊の光景。少し高い位置から見た、押し寄せる濁流が家々を破壊して迫るあの映像。

叔母のところは電話が通じなくなった。仙台市でも内陸部の泉区だから浸水などはないとわかっていたが、連絡が取れないという宙ぶらりんの状態は辛かった。いろいろ連絡の手段を講じたがどれもうまくいかない。

そこに福島第一原子力発電所が壊れてしまったという報道が重なった。原発の安全性は昔から気になっていることだった。

翌日、ぼくは高松発の便で札幌の自宅に戻った。途中、東北地方の沖を飛んでいることを機内で意識した。

叔母たちの無事が再度確認できたのはそのまた翌日、地震から六十数時間後の十四日の朝だった。固定電話の回線が回復したと従弟から知らせが入ってこちらも電話してみると、張りのある元気な声が返ってきた。

あちらの状況は停電と断水。マンションの食堂がなんとか機能していて、日に三回おにぎりと味噌汁が配られるという。寒いので布団の中でラジオを聞いているしかない。トイレのために八十五歳の叔母と七十九歳の叔父が一階の大浴場に残っていた水を五階までバケツで運んでいる。この段階ではテレビがないので叔母たちは僅か十数キロ先の仙台市若林区の惨状を知らなかった。

東京の友人たちの帰宅難民体験も後になっていろいろ聞いた。

その中でもっとも遠距離を歩いたのがO君だった。

職場は港区白金で、自宅は横浜の中華街。距離にして二十八キロある。

オフィスで地震に遭った。故郷が伊豆半島なので地震には慣れているつもりだったが、二十六階建てビルの八階で経験したこの時の揺れは心底怖かったという。

三時から予定していた打合せがあって、相手がすでに来社していたので、混乱の状況であるがともかくそれは済ませようということになった。

終わって五時。家に帰ると決めた。

社に用意されていた防災キットのウェストポーチを装着して外へ出た。キットの内容は五百ミリリットルの水が二本、カロリーメイトが数個、地図、断熱シート、薄いプラスチックのレインコート、ヘルメットなど。

午後五時二十五分、どこかピクニック気分で歩き始めた。そこに挑戦めいた気負いも少し混じっていたのは道のりの遠さを想像したからかもしれない。

路程の最初の段階で記憶に残っているのは人の数だ。

五反田駅付近は電車は動いていないのに人が溢れていた。その先へ出ても歩道が人でいっぱいで自分のペースで歩けない。おまけにケータイを操作しながらのろのろ歩く人が邪魔になる。買ったばかりとおぼしい自転車に乗ったスーツ姿のサラリーマンが後ろから無理に追い越す。

戸越銀座を右手に見て第二京浜国道をひたひたと歩く。

家族へのケータイはつながらない。フェイスブックで今の状況を英語で発信してみる。これはこの先ずっと機能して、アメリカや台湾にいる友人たちがリアルタイムで彼の動きを追い、支援してくれた。遥か遠くから見守られるというのは不思議な感じだった。

新幹線の高架の下を通って、池上本門寺の前を過ぎ、環状八号線と東急多摩川線の高架をくぐり、多摩川大橋を渡って神奈川県に入った。これが午後七時二十分で、「横浜十八キロ」という表示があった。

南武線の高架のところで「横浜市鶴見区」に入った。

人の数が減って歩きやすくなった。鶴見駅に近い二本木のバス停あたりだったか、横浜港の背の高いランドマークタワーが見えた。まさにランドマークの役割を果たしていると思ったが、実はここからが遠かった。一つには普段から縁のない一帯だから土地勘がない（通勤路はずっと西の方を走る東横線）。ランドマークタワーはしばしば地形や間に入った建物のせいで隠れて見えなくなる。自分がどこにいるのかわからなくなって、ケータイのマップ機能で現在地を確認する。

東神奈川のあたりでようやく見慣れた街並みに再会した。

午後九時五十五分に横浜駅到着。ここで東横線とみなとみらい線が動いていることがわかり、最後の区間は電車に乗れた。

家に着いて、フェイスブックを通じて応援してくれたみなに無事到着を報告したのが午後十時三十五分。五時間十分の行程だった。

今回、こういう一人一人のエピソードが何万人分も生まれたのだろう。

三月二十三日の深夜、ぼくは東京にいて、新橋の喫茶店で東北道の復旧が進んでいることを知った。

高速バスが動いている！

叔母のところへ行けると思ってすぐにその場で席を予約した。

翌日、ホテルに近いデパートの地下に行って米や根菜類、乾麺、レトルト食品などを買い込んだ。米五キロを含めてトランクは二十キロくらいになった。

その次の日の朝九時半に新宿を出るバスで仙台に向かった。新宿の住友ビルのバス・ターミナルへ向かうタクシーの運転手さんが、奥さんが福島の人で、勿来《なこそ》にたくさん縁者がいると話してくれた。みんな息災だったが、六十キロ先の原発が不安の種と言う（この時点では東電は原発に関する深刻な情報を開示していなかった）。

東北道を走って、那須《なす》を過ぎたあたりから路面の補修個所が増え、バスはしばしば揺れた。瓦が落ちた屋根の応急措置としてブルーシートをかぶせて土嚢《どのう》で押さえた家が目立つ。

内部は柱も梁《はり》も歪んだだろう。後に聞いた話では工事をしてから十五万円を請求する一種の詐欺もあったという。

バスを追い越してゆく車に「緊急車両・橋梁《きょうりょう》点検」などと書いてある。自衛隊はみな「災害出動」という布看板を表示している。戦争になったら「防衛出動」とか「宿敵殲滅《せんめつ》」とか書くのだろうかと思ったが、しかしこういう時期にジョークは口にしにくい。

鉄道は架線の支柱が曲がったのを見かけた。橋の橋脚を徒歩で点検している二人組も見た。道路より復旧が遅いのは、道路の方が鉄軌道より修理しやすいからか。

安達《あだたら》太良サービスエリアには警視庁機動隊のバスが数十両並んでいた。それと給油を待つ車の長い列（我々のバスもここで給油するはずだったが、本社の指令で仙台まで一気に行くことになったというアナウンス）。建物の中に入ると迷彩服の自衛隊員と日本赤十字の赤いユニフォームの少女たちばかり。目立つ制服と目立たない制服は、それぞれの任務の違いを反映するものか。

六時間で仙台に着いた。

市内、コンビニもほとんど開いていないし、外食店も大部分が休業中。元気なのは仕入れの不要なビデオレンタルの店ばかり。歩道にテーブルを出して「牛タン弁当」を売っている人がいた。ガソリン・スタンドの前には長い長い車の列。そのくらいの回復ぐあいだった。

タクシーが動いていたのはありがたかった。地下鉄が一部不通と聞いていたから、最悪の場合は相当な距離をキャスター付きのトランクを押して歩く覚悟だったが、あっさり目的地に着くことができた。ガソリンはすぐに底を突いたがタクシー用の天然ガスは備蓄に余裕があったという。

叔母たちは落ち着いた表情だった。

しかし、まだまだ余震は続く。しばらくの間は札幌のぼくの家で暮らしてはどうかと提案し、二人はその案を受け入れた。持ってきた野菜などはマンションの食堂に渡し、翌日のバスで青森に出て、海底トンネルを通って北海道に渡り、函館の従弟の家で一泊して三人で札幌に帰った。

その空き家になった叔母のマンションに、四月七日の夜、ぼくは一人でいた。翌日から取材のため被災地を回る予定で、その前夜をここで過ごすことにしたのだ。飛行機と郡山発の長距離バスを乗り継いでの移動の後で疲れていた。千歳空港で買って食べ損ねたまま持ってきた弁当で軽い夕食を済ませてすぐに寝た。

深夜、地震で目を覚ました。

小さめの揺れで始まったから直下型ではない。どこまで大きくなるかと身構えていると、なかなか収まらない。これは相当に大きいのかもしれない。あの日もこんな風であったかと考える。その一方、寝ている位置を頭の中で確認し、自分の上に倒れてくる家具はないなと考え、そのまま待った。周囲でものが落ちる音がしばらく続いて、地震は収まった。やがて明かりが消えた。停電だ。

日常の外へ連れ出されたような感じだった。

立って行って窓の外を見ると、ぜんぶ闇。ゆっくりと動く車のヘッドライト以外に光るものはない。いったいここはどこだろうと思った。

ずいぶんたって遠くで犬が鳴く声が聞こえた。その声でふっと、まるで魔法が解けたように、日常の時間に戻った。

懐中電灯で見つけた携帯ラジオが「マグニチュード七・四、震度六強」と報じた。本震の直後を別にすればこれまでで最大の余震だという。

朝になって明るくなってから見ると、電子レンジとオーブントースターと炊飯器が床に散乱していた。それはただ棚に戻せばいいが、楕円形のガラスの盆が落ちて粉々に割れていたのは始末しなければならない。一つ一つ破片を拾って新聞紙に包み、最後は微細なガラスの粉をウェットティシューに吸着した。我が些細な瓦礫撤去だった。

4　被災地の静寂

何度行っても思うことだが、被災地は静かだ。

最初の頃は重機のエンジン音が響くこともあったが、たいていの場合はただ風の音ばかり。雨の日にはそれもなくて、その代わりヘドロの臭いが立つ。

人がいないのだから賑わいがあるはずがない。

しかしそこはかつてはたくさんの人が住んでいた場所なのだ。瓦礫が片付けられたところも家々の土台は残っている。見通しはよくなってもまだ無数の破片が散っている。希薄ながら生活感が漂っている。

ただ、車の音も子供の声もテレビの音もない。宅配便も郵便配達も回ってこない。

静かなのだ。

三月二十五日に仙台に行った時は市の中心部しか見なかった。

市内には大きく壊れた建物はなかった。それを見て、地震そのものの被害はさほど大きくはなかったのだと改めて思った。水道と電気は停まり、物流も途絶えていた。損壊した瓦屋根をブルーシートで覆って土嚢で押さえた家も多い。だが、阪神淡路大震災の時のような建物や高速道路の大規模な倒壊はなかった。地震をきっかけに千葉県市原市では製油所の派手な火災が起こったが、市街地の建造物はなかなか強かった。

（ただし、福島第一原子力発電所の崩壊について、東電は津波による電源喪失が原因としているが、地震そのもので破壊が始まったという説の方が信じられる気がする。）

四月八日、仙台市泉区で大きな余震を体験した翌日、若林区荒浜に行って、初めて津波の被災地に立った。

タクシーで若林区に向かう。

まったく普通に見える市街地を抜けて仙台東部道路をくぐったとたんに風景が一変する。広々とした何もない平地。地震の被災地では崩壊した家々が積み重なっているが、津波の被災地はもっと徹底して破壊される。家はその場に倒れるのではなく運び去られるのだ。ばらばらになった上で遠くに散らされる。あるいは海に流される。

一か月の間に整理が進んだのか、道路横に残骸が積み上げてある。

途中、簡単な検問を取材と言って通してもらう。

荒浜地区に入り、行き止まりの深沼まで行ってタクシーを降りた。静かで、潮の香りがして、潮騒が聞こえる。目を閉じれば人里から遠い浜辺のようだが、しかしここは先日までは家々が密集する住宅地だったのだ。

家々の土台だけが残っている。工法がわかるような壊れかただ。コンクリートの土台に柱をボルトで留めていたそのボルトは残っている。まるで建築の途中のようだが、これは破壊の跡だ。

「あらはままつり」と色鉛筆で書かれた子供のノートが砂にまみれている。

ここに人が帰ってくることはない。みな避難所で苦労の多い暮らしをしているか、あるいはもうどこにもいないか。

少しでも高いところから広い風景を撮ろうと目の前の家の床に上りかけた。しかしこの床面は磨かれた床板で、そこはかつては家の中だった。自分は人の家に土足で入ることになるのだと気づいて足を止めた。

瓦礫を片付けた人々がこれだけは放置するに忍びないと思ったのか、生活を象徴するような品が深沼橋の欄干にさりげなく載せてあった。誰かが漬け込んだカリン酒の大きなジャー、小さな赤いトラックのおもちゃ。ちょうど雪道で落ちていた片方だけの手袋を近くの木の枝に載せておくのと同じだ。なくしたと気づいた子供が戻ってきて見つけるかもしれない。カリン酒とトラックは元の持ち主のところに返るかもしれない。

二階はそっくり無傷で残っているのに、一階は壁を壊されて骨組みだけになってしまった家がある。どちらかというと新しい家で、それだけ骨組みが丈夫だったのだろう。だから津波が一階を壊しても二階はそのまま残った。そういう家に海側から寄りかかっている古い家の残骸がある。大量の水が高速度でそこを通過したことがわかる。

「仙台荒浜郵便局」という看板が残骸の中に横倒しになっている。全国共通のデザインだから、そのうちの一つが欠けたという実感が迫る。

海岸に出てみた。防風林の松の大半は折れているが、踏みとどまって立っているのもまばらにある。砂浜は静かで、海面は水平線まで平坦だった。しかしこの浜にはあの日、二百人以上の遺体が打ち上げられていた。そう考えると、今もそれが見えるような気がして、立っているのが苦しくなった。坐り込んで目を閉じた。深く息をする。

しばらくして気を取り直して立ち上がり、来た方角に歩いて戻る。荒浜小学校の建物は一階はガラスが割れて壁も傷んでいるが、二階から上は無事だったとわかる。人々はここに避難したのだろう。ここに行き着いて二階まで駆け上がる時間があれば助かった。だが、こんなに広い平らなところで、間に合うように高い建物に行き着けるのは運のいい人だけだ。

惨劇を想像しなければならない。押し寄せる水がこの広い一帯を破壊したさまを、たくさんの人を溺れさせたさまを、想像しなければならない。今から先のことはすべてそれらの不意の死から始まる。この先ずっとこの光景を鮮明に記憶し、できることならば目蓋《まぶた》の裏に彫り込んでおくべきなのだ。


壊れた自宅の跡へものを探しに来た婦人と立ち話をした。

ぼくが取材に来たと言うと、こんなにひどいことになっているのに新聞もテレビもここのことを報道しないのはなぜか、と問い詰められた。ここから北に三百キロ南に三百キロ、ずっとこんな風なのだとは言えなかった。

これは重要な問題だ。自分で少し見てもう充分と思ってしまう。数と量の問題が抜け落ちる。数万人が亡くなったと言っても、それは数字としてしか認識されない。掛け算という便法で済ませるのではなく、愚直に足し算をしなければいけないのだが。


翌日、雨の中を塩竈《しおがま》から石巻の方へ向かった。

松島の観光船の乗り場を過ぎて、奥松島の牡蠣の作業所を見る。海中の養殖用の支柱がみな一様に傾いている。テオ・アンゲロプロスの映画『エレニの旅』の一場面のような美しい水の風景。

宮戸島の方へ少し下り、被災地の中を行く。どこでも最初の作業は道路の瓦礫を片付けて車が走れるスペースを確保することだっただろう。それから遺体の捜索と広い範囲の瓦礫の整理が始まる。そういう手順がわかってきた。

石巻への途中、鳴瀬川の堤防を見ると散乱するゴミでどこまで津波が来たかがわかった。津波はポロロッカのように川を遡上するのだが、それを段波と呼ぶのだと後に知った。

鳴瀬大橋を渡る。明治時代の野蒜《のびる》築港の失敗の話を聞く。

航空自衛隊松島基地が近い。ここはF－2戦闘機十八機など多くの航空機を津波で失った。

石巻市内に入り、石巻日日《ひび》新聞社を探した。津波で印刷機も紙もコンピューターも失った後、この新聞社は手書きの大きな壁新聞を六部作って避難所に貼って歩いた。若い記者は市役所での取材の結果を腰までの水の中を歩いて本社に持ち帰った。

報道部部長の武内宏之さんに会って話を聞いた。武内さんは、人は水と食べ物と情報で生きる、と言う。あの時は情報が何よりも大事だった。新聞は記者が自分で確認した情報だから信頼できる、という正論。子供たちはしっかりした情報に接することで判断力を養う。だから新聞が大事。

武内さんの被災の話――大型トラックがたまたま社の近くで横転して道を塞ぎ、水の流れを変えたのだそうだ。だから社屋は助かった。しかしそれはまたその水が別の方向の家に向かったということですから、と付け加えることを忘れない人である。

ここの記者の一人は津波で海まで流され、小さな船に這い上がって一夜漂流し、翌朝ヘリコプターに救われたのだそうだ。そのまま病院に収容されて、数日後にひょっこり帰ってきた。消息のないまま日がたってみな諦めていたから共に喜び合った。

武内さんが女川を見ておいた方がいいと助言してくれたので、石巻から女川に向かった。石巻市内の門脇《かどのわき》小学校のあたりは火事で焼けた跡があった。石油などのタンクが倒壊して油が流れ出したところに何かのきっかけで火がつく。水に浮いた油の火は速やかに燃え広がる。地震の夜、燃える気仙沼《けせんぬま》の夜景を覚えている人は多いだろうが、たぶんここでも同じようなことが起こったのだ。

台風や地震の被害はある範囲に広がって境界線というものもないが、津波はそれがはっきりしている。全損、床上浸水、床下浸水、被害なし。どの間も一本の線で区分されるところが被害者にとっては過酷だと思う。生と死もまた同じで、もう一メートル上まで登っていたら助かったのにという例も少なくなかったはずだ。

女川は細く深い湾の奥にあって、港は狭い谷が海に接するところに位置している。その谷を津波ははるか上の方まで駆け上がった。標高二十メートル近いその地点に立つと、港ははるか下の方に見える。まさかここまで波が来るとは住民も思わなかっただろう、という当然の感想が浮かぶ。だが海には無限の水があって、津波は大きな皿をちょっと傾けるような具合に水を陸地の方へ流し込んだ。どんな建物にせよ人が造ったものが押し寄せる大量の水に耐えられるはずがない。

せっかくだから女川原子力発電所を見て行こうと思ったが、霧が濃くなって道路を走るのもむずかしくなり、近くへ行っても何も見えないとわかって引き返した。

翌日は遠く足を延ばして岩手県の陸前高田と大船渡まで行った。その次の機会には更に北の釜石から大槌町を経て山田町まで行った。

そうやって動きながらいくつもの地名と親しくなる。三陸海岸に沿った町の名が順序だてて頭に入り、次の段階では字《あざ》などの小さな地名をいくつも覚えることになった。越喜来《おきらい》、赤浜、吉里吉里《きりきり》、三十刈《さんじゅうかり》、豊間根《とよまね》、唐丹《とうに》、などなど。

この地名の覚えかたはどこかで体験している。地名と不運がセットになって入ってくるという状況。

イラクだ。二〇〇二年の晩秋にぼくはイラクに行って、多くの土地を回った。バグダッド、ウル、ウルク、ナシリア、バビロン、モスル……。それは楽しい旅だった。四か月の後、それら親しくなった地がすべて激戦地として新聞で報じられた。あそこが壊されているという思いで地名に再会するのはやりきれなかった。

しかし三陸海岸はあの場合とは少し違う。イラクではことは際限なく悪くなったわけだが、三陸ではいわば最悪の時はもう済んでいる。この先はなんとかよい方向へ持ってゆく努力が要るとしても、苦しいにしてもそこは上り坂である。

被災地の静寂は何年かの後にまた賑わいを取り戻すだろう。

（ただし、ここでも福島第一原発だけは例外。放出された放射性物質は始末のしようがない。最悪の事態はまだ先の方で待っているかもしれない。）

5　国土としての日本列島

小学生の頃、区立中里小学校の生徒として最初に習ったのは世田谷区の地理だった。世田谷は東京都で二番目に広いことや、東から西へ伸びる何本かの電車の路線や蛇崩《じゃくずれ》川の流れなどを覚え、和田堀にある上水道の施設や烏山《からすやま》の明治乳業の工場へ見学に行った。世田谷の地理はその次の段階で東京都の地理になった。その間は滑らかにつながり、東京都の地理はそのまま日本地理にまで広がった。

しかし、連続的な拡大はそこまでだった。日本地理と世界地理は同じ地平でつながっていない。ヨーロッパの諸国のことを考えれば、あるいは朝鮮半島、中国、インドシナ半島……どこを想起してもわかることだが、建国以来ほとんど国境線が変わっていない国などどこにもない。日本地理だけが列島内で完結している。

建国といっても歴史の彼方にかすんで神話と区別がつかないほどの遠い昔である。中央政府の支配圏はやがて東北から北海道へ、沖縄へと広がったが、その先はなかった。二十世紀に入って異常な肥大と速やかな縮小を体験したけれど、結局は元の線に収まった。

なぜこのような国土の安定が可能だったかと言えば、島国だったからだ。自然の与えた海岸線がそのまま国境線だったから。


大陸との関係において日本列島は絶妙な位置にある。

朝鮮半島との間の対馬海峡は対馬を間に挟んで約二百キロ。古代の操船技術で渡れない距離ではないが、しかし大規模な軍勢を渡すのは容易ではない。だから古来この島々に大陸から文物や人は多く渡来したけれども征服を目的とした大軍は遂に来なかった。元の二度の試みはどちらも失敗に終わった。

その結果、この国は一九四五年になるまで異民族支配を知らないで済んだ。偉大な中国文明の衛星の位置にあって、その恩恵に浴しながら干渉や支配を受けることはなかった。同じ島国でもイギリス諸島は大陸に近すぎるからイギリス史はヨーロッパ史に組み込まれている。逆はフィリピン諸島で、文明の中心から遠すぎてまとまった国家を作るのも遅れた。

ただし、日本の地理的完結が名誉ある孤立のまま終わればめでたかったのだが、こちらから行って暴れた秀吉の侵略という汚点を忘れるわけにはいかない。「太閤が一石の米買いかねて今日も五斗買い明日も五斗買い」と曽呂利《そろり》新左衛門がからかったとおり、秀吉は朝鮮半島に出兵し、自らも海を渡って陣頭指揮すると言い張った（五斗買いは御渡海に通ずる）。周囲が止めて五斗買いは実現しなかったが、それにしても朝鮮征伐はまったく無意味な狼藉《ろうぜき》であった。

二十世紀の大陸侵略は技術の発達で海が隔てとならなくなった時代の話だから別のこととしよう。

日本列島は細く長く、ほぼ北東から南西の方角を軸として弧状に伸びており、花綵《かさい》列島という美称がついている。この形のおかげで気候や植生は変化に富み、モンスーンがそれをまた拡大し、場所と季節によって変わる美しい空と陸と海をもたらした。

陽光は豊かで、水は多く、外の脅威はないに等しい。理想の国土ではないか。

このように細く長く弧状に伸びた陸地は偶然の産物ではない。

最近の科学はこれをプレートテクトニクスで説明する。

地殻は複数のプレートから成っている。プレートは動く。ある場所で深部から生み出されて、水平に移動し、ある場所で深く沈み込む。二つのプレートが接する境界線では一方が他の下に潜り込んだり、正面衝突して隆起したり、いろいろな現象が起こる。

日本列島はほぼこの境界線に沿って伸びている。というか、この境界線が生み出したのが我々が踏んでいるこの大地である。具体的には太平洋プレートとフィリピン海プレート、それにユーラシアプレートと北米プレートが出会ったところに下から押し上げられたのがこの島々である。

かつて小松左京が『日本沈没』の中でこれを気象学的な比喩として前線の上に湧く雲に喩えたのでもわかるとおり、この陸地はとても不安定だ。火山の噴火、地震とそれに伴う津波は頻繁にこの島々に発生するものだ。それは我々がよく知っているところだから、当たり前のこととして受け止めて疑いもしない。『地震・津波と火山の事典』（東京大学地震研究所監修、丸善出版）には、二十世紀の百年だけに限っても七十五回の「主な噴火災害」と三十二回の「主な地震・津波災害」が記録されている（それでも足りないと言わんばかりに南からは台風がやってくる）。

二〇一〇年に日本の気象庁が震源を確定した地震は十二万回を上回った。しかし、隣の韓国ではせいぜい年間四十回程度であるという。この違いはそのままプレート境界からの距離によるものだ。我々は四枚のプレートの境界の真上に住んでいる。

こんな国土を持った国は世界でも珍しい。

アメリカは広いからハリケーンや竜巻や地震がある地域もあるが大部分は安定している。ヨーロッパも周辺部においてはエトナ山やアイスランドなど火山活動があるが、中心のあたりでは大地は揺るぎもしない。天災といえば水害くらいで、それだって山崩れや鉄砲水を伴うような激烈なものではなく、川の水位がしずしずと高まってやがて水がおもむろに堤防を越えて市内に流れ込むという感じ。地下室や一階の部屋は水に浸っても、強い流れが建物を壊すようなことはない（建物が石造りで堅牢なのも理由であるが）。

二〇〇二年のドレスデンの水害がその典型だが、しかしこれは五百年ぶりのことだった。日本のような集中豪雨による破壊はモンスーン地帯に特有のものだ。遠方の降水ではなくその場に降った雨が被害をもたらす。狭い日本の国土には遠方はない。そもそも大陸のような長い川がないのだ。

この地に災害は多かった。

我らの祖先は何度となく噴火と地震と津波によって殺され、生活の場を壊され、長い歳月をかけて築いた資産を奪われた。いきなり、何の前触れもなく来てしまうのだからしかたがない。理不尽とか不条理とか言葉を貼り付けてみたところで何が納得されるわけでもない。

そのたびに人々は呆然として、泣けるかぎり泣いて、残った瓦礫を片付け、悲しみをこらえ、時間と共に悲しみが少しずつ薄れるのを待って、また立ち上がった。営々と努力を重ねて奪われた家や田や畑を作り直した。忘れることが救いにつながった。

災害と復興がこの国の歴史の主軸ではなかったか。

正史の中で災害は政変ほど大きくは扱われなかった。かつては地方の事件はなかなか中央に届かなかった。貞観《じょうがん》の大津波のことだって、ひょっとしたら今の我々の方が当時の都の官僚より詳しく知っているかもしれない。

江戸時代ならば、雲仙《うんぜん》普賢《ふげん》岳の噴火は「島原大変肥後迷惑」という言葉となって中央まで届いたのだろうか。災害を書いた瓦版や錦絵はあっただろうか。天明の浅間山の噴火については絵を見た覚えがある。

災害が我々の国民性を作ったと思う。

この国土にあって自然の力はあまりに強いから、我々はそれと対決するのではなく、受け流して再び築くという姿勢を身に着けた。そうでなくてはやっていけなかった。敵襲ならば次は軍備を整えて迎え撃つということもできる。あるいはこちらから攻勢に出るということもあって、それが結局は戦争の途切れない歴史を作る。しかし災害は、とりわけ昔ならば、来ないことを祈りつつ来る時を待つしかない。

だから、仏教が教える無常という原理はインドや中国ではなくこの国においてこそ理解しやすかった、とぼくは考える。大地さえ揺れ海さえ陸地に襲いかかる地では常なるものは何も無い。

我々は諦めるという言葉をよく使う。語源に戻って考えれば、「諦める」は「明らめる」、「明らかにする」である。事態が自分の力の範囲を超えることを明白なこととして認知し、受け入れ、その先の努力を放棄して運命に身を任せる。

我々は諦めることの達人になった。

だからこそ桜があれほど愛されるのだ。咲いた以上は散るしかないとわかっていても、それでもなお精一杯に咲く。ぼくはそれを称揚する日本精神の類が好きではないけれど、しかしそういう思いに駆られる筋道はわかる。

モンスーンの移ろいやすい気象と多くの天災が、一つのステージに留まらず速やかに次に移ることを我々に教えた。加藤周一は『日本文学史序説』において、日本人はデカルトやヘーゲルのように精緻な論文による哲学は書かなかったがその代わりに文学の中で充分に思想を表現した、と書いた。不変の真実をではなく移ろうものを扱うのなら文学の方が、なかんずく和歌や俳句などの短い詩が、ずっとふさわしい形式だろう。

我々は社会というものもどこか自然発生的なものだと思っている節がある。社会ではなく世間であり、論理ではなく空気ないし雰囲気がことを決める。

こういう社会では論理に沿った責任の追及などはやりにくい。その時の空気はそうだったのだ、で議論は終わってしまう。後世が「なぜあんなことになったのか」と問うても、先代は「おまえはあの頃の空気を知らない」と言って済ませてしまう。

第二次世界大戦の後、ドイツは戦争の責任をしつこく問い、戦争犯罪人を徹底して追訴した。同盟国であって同じくらい惨めな敗北を喫して資産の喪失と社会の崩壊を経ても、日本では戦争責任の追及はおよそいい加減なものだった。「一億総懺悔《ざんげ》」などというとんでもないスローガンでことは収束してしまった。あの時、日本人は戦争の災禍を一種の天災と受け止めたのではないか。愚かな指導者の責任を追及して次の世代が同じような不幸に陥ることがないようきちんと後始末をすることを避け、速やかに忘れて前に出る道を選んだのではなかったか。

他の地域の歴史を見れば、万事に対して人間は我々ほど淡泊ではないことがわかる。パレスティナ＝イスラエルのあたりの人々は三千年前の事件も忘れていないように思われる。

彼らにとって世界の原理は、無常ではなく不変ということなのだ。エホバもアッラーも決して揺るがない。

先ほど桜について書いたとおり、ぼくは日本人のこの諦めのよさ、無常観、社会を人間の思想の産物と見なさない姿勢、をあまり好きでないと思ってきた。議論を経て意図的に社会を構築する西欧の姿勢に少しは学んだ方がいいと考えてきた。

しかし、今回の震災を前にして、忘れる能力もまた大事だと思うようになった。

なぜならば、地震と津波には責任の問いようがないから。

6　避難所の前で

朝の九時に雨のいわて花巻空港で荷物を満載したスバル・サンバーを受け取る。今日はもっぱらドライバーが仕事。貨物用の軽自動車の運転は久しぶりだが、今の軽はよくできていて、馬力もあるしなかなか快適なのだ。

荷物はバスタオルやトイレットペーパー、子供の夏服、うがい薬、作業帽などの生活物資で、隣接県の行政の倉庫で眠っていたもの。前日に地元の人たちの手を借りて選別と積み込みを済ませてあった。今朝、ここまで運ばれたのを受け取って運転席に着く。三陸海岸に沿った被災地の避難所に配るのが今回の任務だ。

いや、任務とは言えない。今回はボランティアの人たちの活動に便乗しているだけで、その他に取材という別の目的もある。それでも運転くらいは役に立てるだろうと思ってやってきた。

彼らだって任務とは思っていないかもしれない。

ボランティアの基本原理は自発性である。一人では何もできないから組織を作って動くし、その時々にすることは組織との連携だから任務のように思えるけれども、しかし原理的にはみんな自分の意思でやっているのだ。そこにすべきことがあるからそれをする。仕事に呼ばれたというのが実感だろうか。いずれにしてもあまり気負わない方がいい。

国道二八三号線、通称釜石街道をまずは遠野に向かう。ここは五週間前の取材の時にも走っている。その時は鯉のぼりの季節で猿ヶ石川の川風にたくさんの鯉が泳いでいた。大槌町に行くために遠野の先で笛吹峠を越えるコースに入って難儀した。今回は少し遠回りでもトンネルの多い仙人峠の道を選んだ。

新緑が雨に洗われて美しい。

そういう季節になった、と思うのは三月十一日とその後の寒い雪の日々と比べてのことだ。

最初に寄るべき場所が釜石の西よりのところだったから仙人峠は正解だったのだが、残念、受け取る相手が留守だった。

現地での活動はいつだって人対人である。実際にそこに行くまで予定が立てられないことが多い。その時に会えなければ先延ばしにするしかない。効率は悪いかもしれないが、具体的に相手と顔と顔を合わせてモノを手渡す。それを繰り返す。一度かぎりではないのだから顔見知りになることが大事。

今回の荷にしても行政の倉庫にあるかぎりは帳簿の上の数字でしかなかった。それを必要とする人のところまで運ぶ手段を行政は持っていなかった。だから民間というか、ただの個人の集まり、法人格など持たないゆるい組織が動く余地ができる。

この活動は四月にまったくのゼロから始まったと聞いている。呼びかけ人はいたが指導者はいない。これはなかなかおもしろいことだと思った。被災地のために何かしたいという意欲だけがあって、何をすべきかもいかに実行するかもわからないまま、ただ集まって議論をするところから始める。互いに初対面の、性格も能力も未知の人々が集団の力で一つの運動を作り上げる。大所帯になった今も行き違いが多くて大変だそうだ。

固い組織ではなく、自由度の高い、ゆるい結びつき。一つ何かするべきことが出てきたら、それを発表して誰かが手を挙げるのを待つ。メンバーが決まったら具体的なプランを作って、細部まできちんと決めて動くが、しかし不測の事態に応じる余裕も残しておく。

今の段階ではモノの支援が主である。その時々で必要なモノを挙げてもらって、それを提供できる人を見つけ、運搬の手段を講じる。しかしそれは基本形であって、その場その場で別のサービスを求められれば応じる。

ゆるい結びつきというところではこれはＳＮＳ（ソーシャル・ネットワーキング・サービ

ス）に似ていると思った。個人単位であり、任意であり、メンバーの間ではお金の授受がなくて、ただ人と人のつながりだけでなんとなくことを進める。ピラミッド状の固い組織ではなく、ネットワークというかクラウドというか。ふわふわと漂っていてどうも頼りない。しかしそれがハードな組織の機能が損なわれた震災後の社会で威力を発揮している。

彼らと一緒になって動いているうちに、ある集落の住民集会を傍聴する機会を得た。

開会当初は集まりも悪く、発言も少なかったが、やがて参加者は二、三十人になって、意見がいろいろ出てきた。しかし元気に発言するのは老いた人たちばかり。そもそも集まった中の若い人たちの多くは地元の住民ではなくNPOのメンバーなのだ。もともとこの集落で社会の重心が年齢の高い側に寄っていたことを反映しているのかもしれない。それでも、この会を主催したのは地元の商工会の若者たちだった。議事の運営のやりかたが稚拙だと叱られながらも一人が司会を続ける。少なくとも集まった人たちは行政まかせでは駄目だという認識を共有しているようだった。

議題と意見を紹介しようか——

復興計画　いちばんの課題は、津波で流された市街地をどこに再建するかということ。浜の人（主に漁師）は海の近くがいいという。津波はしかたがないものだ。堤防は三メートルで充分（かつては六・四メートルの堤防があって、それは結局無力だった）。家は高台にして作業場を低いところにという案も出るが、それも面倒だと反論される。しかし町の人（漁業でない人）はぜったいに高いところに移りたいと言う。家を失った女性が、もう元のところには住みたくないと訴える。

聞いていて、漁師たちは原理的に運命論者なのかと考えた。農業や商工業に比べれば漁業の方が自然に近い営みであり、自然まかせ運まかせの部分が大きい。その分だけ達観しているというか、腰が据わっているというか。たまに津波が来るのはしかたがない、と言い切るのを聞いて感心した。農業をしていれば、何があっても畑を担いでは逃げられない。

津波で家々が流されてから改めて見るとそれは子供の頃の風景と同じだった、と言った人がいた。昔は海のすぐ近くには家を建てなかった。その後で埋め立て地にまで住むようになったのが間違いで、いわば津波はそれを元に戻した。住宅地は高いところにして低い土地は野球場などにするのがいい、とその人は言う。

いずれにしても早くしてくれないと自分たちはどんどん老いてしまう、という声には実感がこもっていた。

復興計画というと役場は東京のコンサルタント業者に頼むが、それではダメだ。自分たちの中から考えを出さなければならない。コンサル屋はこの土地を知らないから。

仮設住宅　九十一歳の病気の夫を抱える八十三歳の女性が、仮設住宅に入れなかったと訴える。入居は抽選で決めていると言われたけれど、しかしただ「外れました」と通達されても実感がない。籤《くじ》ならば自分の手で引きたい、と言う。その裏には役場への不信感がある（これは他の町でも聞いた。抽選のはずなのに町長が真っ先に入居したという。この町の職員からは、住民の苦情の応対を何も知らない新入の職員に押しつけて上司は逃げてしまう、という愚痴も聞いた）。

新潟県中越沖地震の時、仮設住宅の扉一枚の玄関を自分で改造して二重にしたが役場は咎《とが》めなかった、と報告した人がいた。入口を二重にしてその間で雪を払えるようにするのは雪国の家ではごく当たり前の工夫である。

二戸に分かれて入居した大人数の家族が間の壁をぶち抜いたのも黙認された。このような柔軟性がここでも欲しい。

玄関にも網戸を。そうでないと風が抜けないから夏は暑い。

物資の分配の不公平。避難所と自宅避難の人にばかり行って仮設には来ない。

要介護者用の仮設がない。トイレが狭いから車いすの人は入居できない。隣接県にはあると聞いたがここにはない。

合併　南の大きな市との案が出ているがそれでは吸収合併になってしまう。市民一人あたりの借金は実はあちらの方が多い。ここは北の町と仲がいいのでそちらを合併相手として考えてはどうか。津波で失われた市立病院を境界のあたりに再建すれば両方から使えるし、病院を中心にした新しい安全な市街がそこにできる。

実を言うと、この自治体はいろいろな面で復旧が遅れている。瓦礫の撤去も滞りがちで、分別が不十分だったのか瓦礫の山は悪臭を放っているしハエも多い。何かにつけて行政が非力なのかもしれないし、あるいはもともと活気がなくて淀んでいたと言う人もいる。それでも、若い人々の呼びかけには反応があった。あるいはこれを機に空気が変わるかもしれない。

被災県で産業廃棄物の処理施設を経営している友人がいる。社会から与えられた責務を黙々とこなし、かつ従業員の生活を保障するというむずかしい事業をそれこそ身を粉にしてやっている男だ。脇で見ていて身体を壊すのではないかと心配になるくらい。

産廃処理は許認可事業だから行政に首根っこを押さえられている。かつて一人の行政職員のまこと恣意的な裁量で会社を失いかけたことがある。幸い全面的に相手に非があるとわかって彼は非公式の謝罪を受けることができた。しかし、現実の業界はそれくらい厳しいのだ。今回もさる自治体の瓦礫処理は数か月支払いがなかったという。

制度の隙間ということもある。廃棄物は一般と産業に二分される。産業廃棄物では業者は契約に応じてどこからでも自分の事業所に運べるが、一般廃棄物はその自治体の中にある業者しか扱えない。だから今回のように自治体そのものが崩壊してしまうと、その地域内の廃棄物は宙に浮いてしまう。制度を改めて他の地域からの参入を許すべきだが、しかし同業者のテリトリーを荒らすようなことになるから自分たちからは言い出しにくい。政治のレベルで制度の見直しが検討されるべきだ。

彼には専門家としての自負があり、制度の壁でそれが発揮できないという苛立ちがある。廃棄物処理の基本原理は分別である。瓦礫を一時保管する広い場所に管理人がいるとしよう。そこへダンプで瓦礫が運び込まれる。最初から分別の準備を整えておいて、トラックの荷を一目見て降ろす場所を指定すれば後の手間が省ける。何もわからずにただ積み上げたのでは後々またコストが発生する。管理人の能力次第で最終的な処理の費用が大きく違ってくる。そういう人材を正しく配置できるかどうかで自治体の力量が知れる。

しかし行政は往々にして杓子定規で融通が利かない。法律を盾にとって誰の得にもならない無駄なことをさせる。阪神淡路大震災の時に「役所の中でも、規律を墨守《ぼくしゅ》する者と現場のニーズに応えようとする者との暗闘があった」と中井久夫さんが書いている（『災害がほんとうに襲った時──阪神淡路大震災50日間の記録』みすず書房）。今回も同じことが起こっているのだろう。

我が友人はボランティアの人々の活動には頭が下がると言う。その一方で瓦礫撤去や老人・子供相手の支援とは別に、これからは大人が働く環境を作る支援も考えなくてはならないとも言う。被災地ですることがない大人がみなパチンコ屋に屯《たむろ》しているというのも一つの現実なのだ。彼のところも船を失った漁師を雇ったが、なんといっても仕事が違うから彼らが陸で働くのはむずかしい。それに二年で海に戻るつもりでいる人に処理施設での職業訓練を施すのも空しいように思われる。

人には職場が要る。これが、ボランティアと違ってお金が関わる現場で働いている者の目から見た真実である。

その日は六月の十一日だった。ちょうど三か月目だ。

震災の時刻にサイレンを鳴らすので黙禱して下さいという案内の有線放送を聞き、住民集会の会場を出て高台にある寺に向かった。

到着して、車を置いて、本堂の方に歩き始めた時にサイレンが鳴った。背を伸ばして目を閉じると、遠くで死者たちがざわざわと立ち上がった。一人また一人、地を離れた魂が気泡のように昇ってゆく。

黙禱の後、鐘楼で子供たちが鐘を撞《つ》いていた。行儀よく列を作って並んで、大人たちに教えられたとおりに撞木《しゅもく》に結んだ綱を握り、子供なりに力を込めて撞くのだが、タイミングが合わないと情けない音しか出ない。

遠い昔、大晦日に鎌倉材木座海岸の光明寺で除夜の鐘を撞くのが自分の習慣だったことを思い出した。そして、光明寺のあたりは関東大震災の時に標高八メートルのところまで津波で浸水したことも。

ウグイスが鳴いた。三月十一日に四国でウグイスを聞いて以来の、久しぶりにずっと北の地で聞くウグイスだった。

ここの近くにKさんという理髪店の母子がいる。

津波で主人を亡くし、店舗を失い、今は水道工事の会社の二階を借りて仮の営業をしている。最初に来た時に親しくなって髪を洗ってもらった。専門家として見過ごせないようなありさまの我が頭髪だったらしい。

今日は三か月目の命日だったのでさっき家の跡に行ってお酒とお鮨を供えてきましたと

母の方が言う。

この前、亡くなった夫が夢枕に立って玉子丼が食べたいと言いました。もともと玉子丼が好きな人でした。その日の避難所のメニューがなんとたまたま玉子丼だったので、一つ余計に作ってもらって家の跡に持って行って供えました。

人はそんな風にして失われた人との絆を保つのだ。

明日は仮設住宅へ引っ越しの荷物を持って行くと聞いて、翌朝、そこへ行ってみた。仮設の中に入るのはその時が初めてだった。家族用は十二坪、四十平方メートル。風呂トイレにキッチンに居室が二つ。

そこに赤十字の支援による家電六点セット（洗濯機、冷蔵庫、テレビ、炊飯器、電子レンジ、電気ポット）や寝具キットなどが配布される。

ここは二年が目処《めど》で、その後は自分で家を用意して出て行くことになっている。

もちろん避難所に比べれば生活は向上するだろう。しかし、本来の暮らしと比較するとなんと辛いことになったことか。比較の基準点次第でことは大きく変わる。Kさん母子はよくなったことの方を見る楽観的な性格だが、そうでない人だって多いだろう。外部の状況と内部の性格の両方がその人の不幸感の深さを決める。だからといって不幸を嘆く人を一般論で慰めることはできない。

急いで造成された土地は周囲こそ山の緑が綺麗だったが、敷地そのものは砂利を敷いただけの殺風景なところ。そこに軒を連ねて四角い住宅が並ぶ。

隅の方でセキレイが飛んでいた。

あの小さなきびきびした姿は愛らしい。

被災地で出会ったのはウグイス、セキレイ、ウミネコ、トビなど。鳥はみな自由に見えた。


フィリピンからこの地に嫁いだ女性が一人で暮らしていて家を失った。娘がいるがもう独立して別のところに住んでいる。夫とは離婚して、焼き鳥の肉を串に刺す仕事で生計を立てていた。

それでも、これを機に彼女は生活を変えようと一念発起して運転免許を取得したというから偉い。実技はともかく、筆記試験のために漢字を覚えるのがいちばん大変だったという。正直に言えば「原付」という言葉など今もって発音さえできないと言って笑う。

後になって、支援ボランティアの働きで掃除機を得た時の彼女のお礼のメールというのを見せてもらった——「メールありがとう。分かりました。皆さんに、聞くます、家のケタイは english 難しいよ。かいて漢字やかなあとひらのがやりやす、だいしうぶです、そうじきありがとうございます」

　なんと真情あふれる便りではないか。


　助ける、ということの不条理を意識しなければならない。人と人の仲は基本は対等。同じ高さにある。そこに何かの理由で差が生じると、それを元の対等ないし平等に戻そうとする力が働く。二つのガラス器をつなぐ通底管に似ている。

　そのくらいことが機械的ならばお互い気持ちも楽なのだが、我々はどうも彼我の立つ位置を意識しすぎる。「ありがとう」と「いえいえ」くらいの応酬で済めばいいのに、そこにまだ社会的な感情がまつわる。ボランティアは予定の日々が終われば自分の生活や仕事に戻ってゆくが、被災地の人たちはそこに留まるしかない。

　それに、与えるのではなく、補うのだ。

　前記の産業廃棄物を扱う友人は「支援とは手を添えることであって与えることではない」と言う。彼の言うとおり、「支」も「援」も手に縁のある漢字である。英語で言えばfeedではなくshareなのだ。

　自然は真空を嫌う、という原理を思い出そう。被災地はいわば真空状態にある。過剰生産・過剰販売で日本中にあふれる家電製品に声を掛けると、いたるところでそれら使われていないモノたちがぽんと空に舞い上がって東北の方へ飛来する。真空を埋めようとする。ボランティアの人たちはその交通整理をしている。

活動仲間の一人は、これは善意とか感謝とかとはまったく無縁なことだと言う。どこかの会社のクレーム担当者のように次々に持ち込まれる課題を次々に処理する。不足しているものを受け付けて、インターネットで提供者を求め、求める人の手に届くよう手段を講じる。始めてしまったら後に引けなくなった。一度つながった人と人の仲は絶てないから。

人間は仲間に手を差し伸べる存在である、というところに確信が持てればいいのだ。

南アフリカの作家ローレンス・ヴァン・デル・ポストが書いていたエピソードを思い出した。カラハリ砂漠を四駆の車で旅していた時、途中でブッシュマンの家族に会った。飲み水が足りないと聞いて積んでいた水を分かち、ついでに車を駆って狩りに出てスプリングボックという草食獣を数頭獲って戻り、それも彼らに渡した。

ブッシュマンは礼も言わずに受け取った。

それについてヴァン・デル・ポストは、この状況ならば手を貸すのは当然のことだから彼らは礼を言わなかった、と説明する。礼を言うのは、「あなたがそんなことをしてくれる人だとは思わなかった」と言うことになって却って侮辱に当たるのだ。

このくらいことが滑らかに進むと楽なのだが、ほとんど資産なきままに暮らすブッシュマンでもなければそこまでの透明な倫理感は望めない。

あるいは、縄文期の墓所から障碍《しょうがい》の跡のある遺骸が見つかったという話。その人は一人では生きられなかった。しかし彼ないし彼女はたぶん喜びと悲しみに満ちた普通の人間の日々を生きぬいた。周りの人たちが手を貸して終わりの日まで導き、最後に他の死者たちと同じように手厚く葬った。この場合もまた、本人も周囲もそれをまったく当たり前のこととして受け止めていたと思いたい。手を貸すという言葉は人間という言葉に含まれていると信じたい。

その一方で、パレスティナの作家ムーリッド・バルグーティによれば、過去五年と限っても六十九人のパレスティナの女性がイスラエルの検問所で子を産んだと報告していた（Mourid Barghouti, *PLACE AS TIME*）。出産を間近にした妊婦を乗せて病院に向かう車を、イスラエルの兵士はそれと承知で通さない。劣悪な衛生環境の中で母は子を産む。出産という人間にとって最も基本の営みまで妨害する。

これもまた人間のすることである。

7　昔、原発というものがあった

地震と津波は天災だったが原発は人災だ、という認識は定着したようだ。

それはたまたま福島第一原子力発電所が設計と運転において杜撰《ずさん》でいい加減で無責任だったからではない。それはそれで追及されるべきだが、本当の原因はもっとずっと深いところにある。

結論を先に言えば、原子力は人間の手には負えないのだ。フクシマはそれを最悪の形で証明した。もっと早く気づいて手を引いていればこんなことにはならなかった。

エネルギー源として原子力を使うのを止めなければならない。稼働中の原子炉はなるべく速やかに停止し、廃棄する。新設はもちろん認めない。それでも残る厖大《ぼうだい》な量の放射性廃棄物の保管に我々はこれから何十年も、ひょっとしたら何千年も、苦労することだろう。

自分の生きた時代を振り返ってみよう。

この六十数年は科学と技術で生活環境がどんどん変わる時代だった。

最初、身辺にあった大型テクノロジーは鉄道だけだった。ぼくは汽車に憧れた。五歳のぼくにとって駅で見る蒸気機関車はほとんど神様のような存在だった。

それから今までずっと、科学と技術が次々に提供するものを受け入れ、それを享受しながら暮らしてきた。ラジオとテレビ、新幹線、マイカーと高速道路、冷凍食品、ワープロとパソコンとインターネットとケータイ……子供の時には夢想もしなかったものばかりだ。この種のリストはいくらでも続くだろうし今後も拡充されるだろう。

そういうことすべての土台としてエネルギーがあった。

電力について言えば、戦後しばらくは水力と石炭による火力が主流だった。奥只見や黒部というダムの地名が力の象徴となった。石炭ならば国内でもまかなえた。それが輸入の石油に換わり、そこに原子力が加わった。

途中から加わった原子力について、どこまでぼくは信用していただろうか？

一九四五年に生まれたぼくはいわば原子力の時代を生きてきた。

生まれて九日目に世界で初めての原爆の実験が行われ、それから一月を経ないうちにヒロシマとナガサキに、つまりはたくさんの人が住んでいる都市に落とされた。

ぼくが八歳の時、アメリカがビキニ環礁で行った水爆の実験で日本の漁船第五福竜丸が被曝し、久保山愛吉さんが亡くなった（その時、危険とされて立ち入りが禁止されていた海域の外にいた第五福竜丸の乗組員は水爆の強烈な光を目撃し、降ってくる灰が船体に積もるのを見た。しかし彼らはこの異変を無線で日本に知らせることを控え、沈黙のうちに帰港を急いだ。自分たちの船が被曝したことがアメリカ側に知られれば撃沈されて歴史から抹殺される。それが第二次大戦で戦った記憶のある乗組員たちの判断だった）。

第五福竜丸が持ち帰った二トンのマグロは放射能を帯びていた。人の口に入ることなく築地市場の一角に埋められ「原爆マグロ」の塚が建てられた。その他に全国で四百トン以上の水産物が廃棄された。

あるいは、小学校で上映された原爆や残留放射性物質の効果についてのドキュメンタリー映画。恐ろしいものをいろいろ見せられ、ナレーションを担当した徳川夢声の「……マイクロマイクロキュリー」という放射線量を伝える声を聞いたことを今でも覚えている。

これがぼくの世代と原子力の出会いだった。だから一九六〇年代になって原子力が希望の衣装をまとって再登場した時にまず警戒したのかもしれない。そう反応をした人は少なくなかったが、推進する側はそれを核アレルギーと呼んだ。一般にアレルギーとは外部から入ってくるものに対する身体の過剰反応を言う。そしてぼくは今、自分の反応が過剰だったとは思っていない。

大学で物理を勉強した後でも原子力に対するぼくの疑念は変わらなかった。科学では真理の探究が優先するが、工学には最初から目的がある。この二つはきっちり分けられなければならない。原爆を開発したマンハッタン計画について、科学者は探究を止められなかったという弁明が後になされた。しかし原爆は科学ではなく工学の産物である。科学はそれに手を貸したにすぎない。彼らは十万人の人間を殺す道具を、それと承知で、作ったのだ。

作家になって間もなく、ぼくは東海村の原子力発電所を見学に行った。その時に書いた文章を少し引用する——

ディーゼル・エンジンは二十四時間ずっと燃料となる重油を外から供給し続けてやらなくては動かないが、原子炉の方は年に一度の補給だけで熱を出し続けるのだ。言ってみれば、原子炉というのは下りの坂道に置かれた重い車である。必要なのはブレーキだけで、アクセルはいらない。いかにゆっくりと安定した速度で坂道を降りさせるかが問題なのであって、無限の熱源である炉の周囲にあるのはいくつものブレーキである。すべてのブレーキが壊れれば炉は暴走をはじめるだろうし、その場合に燃料を断ってそれを止めるということはできない。

制御と遮蔽が原子力産業全体の基本姿勢である。遮蔽について実に正直に語っている文書をぼくは発電所で貰った。『東海発電所／東海第二発電所のあらまし』という表題の（日本原子力発電株式会社広報部の発行になる）その文書の文体そのものが封じ込めるという姿勢、原子力に対する人間の基本姿勢、を露骨に語っていた。ぼくはそれを非常に興味深く読んだ。「安全への配慮」という項目には「放射線の封じ込め」と題して五つの壁が放射性物質の周囲にあることを強調している。そして箇条書きにして五項目からなるその、句読点まで含めて百六十字ほどの短い文章の中で、危険性は「固い」、「丈夫な」、「密封」、「がんじょうな」、「気密性の高い」、「厚い」、「しゃへい」、という言葉の羅列によって文字通り封じ込められていたのである。

これは思考の文体ではなく、説明の文でもなく、要するに広告コピーの、売り込みの文体である。具体性を欠くイメージの言葉を羅列して、読み手の心理をある方向へもってゆこうという意図だけがあからさまな文章である。論理的には何の説得性もない。どこかに欺瞞《ぎまん》がある。


（『楽しい終末』中公文庫）

世の事業の大半はこんな風に安全性を強調はしない。新幹線も飛行機も今さら「安全です」とは言わない。何かを隠そうとすればするほどそれが露わになる。形容詞の煉瓦《れんが》を積めば積むほど、その後ろに何か見せたくないモノがあるとわかってしまう。美辞麗句を連ねる求愛者には用心した方がいい。これは物理を学んだ者ではなく詩を書きながら言葉の扱いを学んだ者としてのぼくの感想だった。

原発について、危険であると言う学者・研究者が当初からいたのだ。その主張には根拠があったから、だから推進派は必死になって安全をPRした。その一方で異論を唱える人々を現場から放逐《ほうちく》した。今回の震災が起こった時、彼らが事態に速やかに対応できなかったのは、そういうシミュレーションもしていなければ、その能力がある人も現場にいなかったからではないか。安全を結果ではなく前提としてしまうとシステムは硬直する。勝利を結果ではなく前提とした大日本帝国が滅びたのと同じ過程を福島第一原子力発電所は辿った。「原発の安全」は「必勝の信念」や「八紘一宇《はっこういちう》」と同じ空疎なスローガンだった。

なぜそういうことになったのだろう？　他の分野ではなかなか優秀で、特に現代の工業技術においては世界の第一線に立つ日本がなぜ福島第一のようなちゃちなものを造って運転してきたのだろう？

一次的な理由は安全という言葉を看板にしたことだ。安全は不断の努力によって一歩でも近づくべき目標、むしろ向かうべき方位であるのに、それはもうここにあると宣言してしまった。だから事故が起こった際のマニュアルも用意しなかった。安全である以上そういうものを作るのはおかしいと外部から批判されるのを怖れたのだろう。科学とは自然界で起こる現象とそれを説明する理論の間の無限の会話である。現象を観察することで理論は真理に近づく。安全を宣言してしまってはもう現象を見ることはできない。

更に、そこにはより根源的な問題がある。原子力は原理的に安全でないのだ。原子炉の中でエネルギーを発生させ、そのエネルギーは取り出すが同時に生じる放射性物質は外へ出さない。あるいは、使用済み核燃料の崩壊熱は水で冷却して取り去るが放射線は外に洩れないようにする。あるいは、どうしても生じる放射性廃棄物を数千年に亘って安全に保管する。

ここに無理がある。その無理はたぶん我々の生活や、生物たちの営み、大気の大循環や地殻変動まで含めて、この地球の上で起こっている現象が原子のレベルでの質量とエネルギーのやりとりに由来するのに対して、原子力はその一つ下の原子核と素粒子に関わるものだというところから来るのだろう。

この二つの世界の違いはあまりに根源的で説明しがたい。「何かうまい比喩がないか?」とぼくの中の詩人は問うが、「ないね」とぼくの中の物理の徒はすげなく答える。「原子炉

「の燃料」というのはただのアナロジーであって、実際には「炉」や「燃」など火偏の字を使うのさえ見当違いなのだ。

唯一わかりやすいのは数字かもしれない。ヒロシマの原爆で実際にエネルギーに変わったのは約一キログラムのウランだったが、そのエネルギーはTNT火薬に換算すると一万六千トン分だった、というこの数字が含む非現実性を理解すること。両者の間には七桁の差がある。爆発という見たところは同じような現象でありながら関与する物質の量がここまで違う。最新の旅客機であるボーイング777LRは約百六十トンの燃料を積んで一万七千キロ先まで飛ぶことができる。もしも仮にこれが核燃料で飛べるとすれば、燃料は十グラムで済む。七桁の差とはそれほどの桁違いだ。

そこが魅力だと考えた人たちが原子力の「平和利用」を進めたのだろう。しかし、結局のところそれは敗退の歴史だった。最初期にあった「原子力機関車」はプランの段階で消え、「原子力船」はアメリカのサヴァンナ号も日本のむつも実用に至らなかった。今の段階で運用されているのは潜水艦と空母、つまり安全性の要求が商用よりずっと低い軍事利用ばかりである（旧ソ連の砕氷船レーニン号はほとんど軍艦なみに使われた）。

敗退の歴史は手近なところにもある。日本は資源に乏しいことを理由に高速増殖炉の開発に力を注いできた。ウランを燃料とする炉からプルトニウムが得られて、それがまた燃料となる。灰が燃やせる石炭ストーブって素晴らしいじゃないか。

この夢のコンセプトについて、一九六七年に発表された「原子力開発利用長期計画」には「昭和四十年代後半に原型炉の建設に着手することを目途《めど》とする」とあった。ほぼ五年後だ。それくらい彼らは楽天的だった。一九七八年の同書には「昭和七十年代に本格的実用化を図ることを目標として」とあった。二十〜三十年後である。そして、二〇〇〇年の版では「将来実用化されれば」としか書いてない。求めるほどに遠くへ逃げてゆく。普通はこういうものを砂上の楼閣と呼ぶ。そこにずいぶんな額の税金が投入された。ちなみに日本以外の国ではほとんど開発は断念されている（フランスだけが実験炉建設の計画を持っているが）。

なぜできないのだろう？　理論としてはどこまでも進む。紙の上の計算ならば実現も可能なように思える。しかし、高温の液状の金属ナトリウムを長期に亘って安全着実に流す配管は作れない。それは放射性廃棄物の処理についても同じで、だから六ヶ所村の施設はいつになっても完成しないのだし、フクシマの冷却装置は洩れに洩れた。

その根源的な理由は材料工学にあるのではないか。ここ二百年ほど、人は新しい発明の仕掛けに感心してきたが、それを可能にしたのが新しい材料であったことを人は知らない。実際には古代的な鉛の鋳物で自動車のエンジンは作れない。ペットボトルがここまで普及したのは軽くて透明でぜったいに洩れないという信頼の結果である。形の前に素材。

それでも七桁の差をまたぐ素材は作れなかった。材料工学はまだ原子のレベルの技術であり、そこでどう足掻《あが》いても核レベルの強度は得られない。燃料棒の被覆としてジルコンは優れていたのだろうが、それでもメルトダウンは避けられなかった。原子炉とは要するに容器と配管である。絶対に洩れてはいけない高温高圧の固体と流体を入れる容器と延々と長い配管、無数のバルブとポンプ。そういう構造物が地震で揺すぶられるというのは、正直な設計者にとっては悪夢ではなかったか。そこで彼らは「大きい地震はないことにしよう」とつぶやきはしなかったか。

放射性物質はいわば一種の毒物だが、地震の代わりにテロなどを持ってきても同じことだ。とは原理が違う。フグの毒も、トリカブトも、ベロ毒素も、サリンも、焼却すれば消滅する。原子レベルまでの現象、化学結合論が支配する現象とはそういうものだ。砒素《ひそ》や重金属など元素の毒は焼却不能だが、体内に入れなければまず害はない。

しかし放射性物質を加熱して分解することはできない。半減期という冷酷な数字以外にその害毒の指標はない。放射性物質は我々が住む空間そのものを汚染して住めない国土を作る。放射性物質はどうやってもいつか洩れる。絶対安全の器はない。それが原子レベルと核レベルの七桁の差の意味だ。ＳＦにはすべての物質を溶かす溶媒というパラドックスがある。そんなもの、作ったとしても容器がないではないか。核融合の研究者たちが必死になってプラズマの閉じ込めを実現しようとしているが、あれもまた先のない話だとぼくは思う。

一九五三年暮れにアイゼンハワー大統領が「平和のための原子力」を唱えた時、関係者は喜んだ。原水爆という破壊の装置を作ってしまった自分たちのふるまいに自ら脅えていたから、それが生産の装置にもなると聞いて安心したし希望も持った。しかし、結局のところ核兵器と核エネルギーは双子であって、どうやっても切り離せないのだ。平和利用はむしろ核武装の言い訳として使われた。現に核兵器を持たないと言っている我が国はすぐにも爆弾に転用できるプルトニウムを大量に保有している。この期に及んでもまだコスト計算をごまかして原発にしがみついている。爆弾を作る潜在能力の保持が原発経営の真の目的ではなかったか、と疑われてもしかたがない。

では原子力を廃棄するとしてその分のエネルギーをどこに求めるか？　それを考えてみよう。

これは未来図を描く試みであり、どの距離の未来を構想するかで話は変わってくる。遥かに遠い時代の夢物語ならばどんなことでも言える。かと言って目前の電力事情となると現実的な制約が多すぎる。その間のどこかに、この時点で見て（というのは福島第一がまだ安定にほど遠く、広い範囲に放射性降下物《フォールアウト》が散って人々の不安が募るこの日々ということだが）、一定の具体性のある図が描けないかということだ。

化石エネルギーが温暖化を引き起こすとすれば、そちらへの依存を今から増やすのは得策でない。石油生産はピークを越えたと言われているし、石炭や天然ガスも当面はともかく長い目で見れば燃やさない方がいいだろう。深海のメタン・ハイドレートは今はまだ未知の領域にある。

注目されるのは再生可能エネルギーだが、本当に将来性があるのだろうか。風力、太陽光、太陽熱、水力、潮汐《ちょうせき》、波浪、海洋温度差、地熱……こういうものの上に文明は築けるものか。それはセンティメンタルな夢想にすぎない、と主張する人々がいる。

今、最も現実的な話の出発点として、二〇一一年四月に環境省が発表した「再生可能エネルギー導入ポテンシャル調査報告書」を見てみよう。そこには四億九千六百五十一万キロワットという数字があった。現在の日本の発電設備容量はおよそ二億キロワットである。その二倍を大きく上回る量が作れるというのだ。

詳しい内訳には立ち入らないが、風力だけでも四億キロワットを超える。それだけの風がこの列島には吹いているということだ。それを汲み出すには風車を立てればいい。

数年前、構想している小説の中で風力発電を扱おうと思って、岩手県の葛巻町《くずまき》に取材に行った。ここは第三セクターの事業で確実に黒字を出しているというので広く知られたところで、その事業の一つが風力発電なのだ。

内陸部にあって、周囲を山に囲まれた盆地の町である。その山の尾根にぜんぶで十五基の風車が立っている。総出力は二万二千二百キロワット。年間の発電量は五千六百万キロワット時。町で使う電力のほぼ倍を生み出して、余剰分を東北電力に売っている。

震災後に葛巻町を再訪して、以前にもインタビューした元町長の中村哲雄さんにもう一度話を聞いた。知りたかったのはなぜ十五基かというところだった。風況と地形という条件から言うならば百基でも立てられる、と中村さんは言う。それをしないできたのは電力会社が買ってくれないからだ。買取り量の上限が決められたRPS法（新エネルギー利用特別措置法）ではなく、ドイツのように固定価格で全量買取りという制度であれば風力発電は速やかに広く全国に普及するはずだ。

これもまた政策の問題だった。太陽光にしても日本政府はなぜか二〇〇五年に補助金制度を廃止した。それまで世界一だった日本の太陽電池の生産量は下位に転落した。二〇〇九年一月に補助金は復活したが、この間のロスの影響はまだ大きい。

再生可能エネルギーに反対する論はいろいろある。

いちばんの問題は供給の不安定ということ。風まかせという言葉があるとおり風というのは当てにならないもので、それは人類が十九世紀に帆船と汽船の性能の差として実感したところだ。同じような難点は太陽光などにもある。晴れるか曇るかで供給量が大きく変わる。お天気屋という言葉もあることだし。

これに対する方策は二つ考えられる——

第一は電力網をずっと広範囲のものにすること。日本ぜんたいを一つのネットワークで結んで供給と需要の平均化を図る。数年前からアメリカはスマートグリッドというコンセプトを具体化して電力の生産と消費の地域的な偏りを是正し、互いに融通し合う大きなシステムを構築してきた。日本でそういう計画が提案されなかったのは、日本の電力事業が地域ごとの独占を基本方針としてきたからで、その弊害を東京電力管内の住民は「計画停電」で嫌というほど味わっただろう。北海道電力はあの時も余力があったけれど、津軽海峡をくぐる送電線は六十万キロワットの容量しかない。送りたくても送れないのだ。電力会社はそういう仕組みを敢えて選んで作っていた。

きちんと作られたスマートグリッドは需要側からも情報を吸い上げる。これは最近のコンピューター・ネットワークの発達で可能になったことであって、どこで誰がどれだけの電力を使っているかだけでなく、それはどれほど必要であるか、言い換えればどこまで値を上げても買ってくれるか、というところまで解析した上で分配を管理できる。

幸いなことに日本は南北にも東西にも細く長く、地域ごとの気象が大きく異なる。こちらが凪《なぎ》の時もあちらでは強風が吹きつのっている。地域独占が解体されて長距離の送電が可能になれば広い範囲で融通し合うことができる。

第二は蓄電の技術。これまで電力は貯めておけないと言われてきたが、最近はそうでもないのだ。原発は出力を落とすことがむずかしいから、原発の分をベース電力と呼んで需要を喚起してきた。電力会社が意気込んで深夜電力を売り込んだ背景にはこの問題があった。高い位置に造った貯水池に余剰電力で水を押し上げておいて需要がある時に水力発電で電力を得る揚水発電所などはこの対策の一つである。

しかし最近の蓄電池の性能向上は別種の蓄電施設を可能にした。この方面への自動車業界の貢献は大きい。石油の枯渇を近い将来に見た彼らは早い段階から別のエネルギー源へのシフトを模索していた。その成果が性能のよい電池を積んだハイブリッドの車であり、更にはまったく内燃機関に依らない電気自動車の実用化である。これで高性能の蓄電池のコストが格段に下がった。これからは風力発電機は蓄電施設とセットで造られるだろうし、送電網の中継点にも大規模な設備が用意されるだろう。車庫に入れた自分の車がそのまま家庭サイズの予備電源になる。

それでも産業界は安定供給を求める。

もともと日本の電気は過剰品質だと言われてきた。一秒の何分の一かの「瞬断」まで含めて停電が少ないだけでなく、電圧と周波数が安定している。今、ＩＴ機器のデバイスの製造に使われる銅箔は世界市場において日本の百パーセント独占であるという。その理由が電気の質で、これが保証されないと品質が保てないのだそうだ。そういう業界は少なくないらしい。しかしそれほどの高品質を求めるならば、その工場にだけガスタービンなどの自家発電装置を用意すればいい。コストが上がるだろうが、いいものが高いのは当たり前ではないか。何も日本中に格別に純度の高い電気を配ることはない。実際、自前の発電施設を持つ工場は増えている。

話の現実感を裏付けるために具体的な事例を並べてみた。

それぞれに対して異論があるかもしれない。実際には環境省の出した数字を実現するのは決して容易なことではないだろう。

しかし、それらは基本的には我々の手の届く範囲にある技術である。風力発電について言えば、あれはただの風車だ。風が強いところに風車を立てて発電機につなぐ。根本的な困難は何もない。経験を積んで機器が改良され、更に材料工学の発達で効率が上がる。かつて風車につながる発電機はブレードの回転数と送り出す電力の周波数を合わせるために減速用のギアを組み込んでいたが、多極化された発電機を用意することでギアは不要になり、その分だけ騒音が減った。簡素化で故障率も下がったはずだ。十年前には五百キロワットが標準だったが今では二千五百キロワットも実用化されている。低周波騒音やバードストライク（鳥の衝突）などの問題点にも、例えば鳥が嫌う超音波の警戒音を出すなど、何か解決の途《みち》があるのではないか。

ようやく実験プラントが始まった海洋温度差発電にしても、原理的な困難はないように思える。海面に近いところの高い水温によってアンモニアをガス化してタービンを回し（これで発電する）、そのアンモニアを水温の低い深海へ送って液体に戻して循環させる。エネルギー源としては無限と言っていい。施設は沖合はるかに浮かべるので陸上の人間生活とは干渉しない。作られた電力を送電線で送れないというのなら、海水の電気分解で水素を作ってそれをタンカーで運ぶこともできる。この方法はオフショア（沖合展開）のフロート型巨大風力発電基地構想でも提案されている。

ＳＦの中の話と聞こえるかもしれない。その先の判断は個々人の工学的なセンスの問題になるが、ぼくは楽観的に実現可能と思っている。海洋温度差発電で深海と海面に浮いたプラントを結ぶアンモニアの配管にしなやかなカーボン・ナノチューブを素材として使うのは決して夢想ではないだろう。ダイオウイカの腕足と間違えてマッコウクジラが齧ったらどうなるか、興味ぶかい研究テーマだ。

文明とは集中である。

狩猟採集で暮らしていた遠い祖先たちの頃から、人間は密度に憧れてきた。獲物がまとまっていてくれたら狩りは効率的になる。鮭という魚がヒトにもクマにもありがたいのは、あのサイズの個体が狭い川に自ら大量にやって来るからだ。

その後、人間は農耕を発明し、狭い地面から多くの食糧を得るすべを手に入れた。生産性が上がり、人類は余剰な人口を抱えることができるようになって都市を作った。文明civilizationの語源は都市である。都市に集まって高密度で暮らす人々の中から高密度の文化システムが生まれ、文明と呼ばれるようになった。その先も、高層の建物から集積回路まで、人間は文化のレベルを密度で測ってきた。

再生可能エネルギーは広くて薄い。集中と濃縮を目指すという人類史の大きな流れに逆らうものだ。だから、そんな離散的なものが実用になるかと反発を買う。その一方、人は近代になって距離を保ったまま自分たち自身とモノと情報を行き来させる方法をずいぶん発達させてきた。交通と通信である。この場合で言えば、スマートグリッドは電力というモノと需要供給関係の情報を広い範囲で共有することによって、離散的な文明というパラドックスを実現する一つの手段となる。

社会がどう変わるか、は予測ないし予想である。どう変えるか、は意思だ。我々はずいぶん意図的に社会を変えてきたのではなかったか。自分が生きた数十年を振り返るとそういう思いがする。あるテクノロジーを選び、その普及を政策として推進する。するとそれは実現するのだ。文明とはそういうことである。

一九五〇年代の日本には自動車や道路などに関連する施設はほんの少ししかなかった。基本的に自動車は公共のものであったからこそ、それとは別のものという意味で「自家用車」という大袈裟な呼称が生まれた。本格的な国産車として仮にトヨペット・クラウンを例に取れば、一九六二年の生産台数はわずか二万八千台だった。東名高速道路が全線開通したのが一九六九年。その後の展開は説明するまでもないだろう。

一九八三年の春にぼくはワープロという機械を買った。軽自動車一台分くらいの値段で、今から思えばおそろしく不器用な代物だったが、しかし実用に耐えたし、だからこそ普及した。たまたまワープロで書いた小説で芥川賞を得た最初の作家がぼくだった。それまでコンピューターといえばＩＢＭなどの大型機が主流だったけれど、この頃を機に「パーソナル」な機器に流れが変わった。パソコンという命名も自家用車の場合に似ている。集中から個へ、文明は分散に向かい始めたのだ。

テクノロジーの面においてはその気になれば社会はがらりと変わる。原発から再生可能エネルギーへの転換も実はさほどむずかしいことではないのではないか。原子力におけるような原理的な困難はない。製造業の側からの不満は予想されるところだが、大量に作って速やかに陳腐化させてどんどん捨てるという経済成長依存型の資本主義もそろそろ見直した方がいい。アメリカの詩人ゲイリー・スナイダーは、「限りなく成長する経済は健康にはほど遠い。それは癌と同じことだから」と言う。

それならば、進む方向を変えた方がいい。「昔、原発というものがあった」と笑って言える時代の方へ舵を向ける。陽光と風の恵みの範囲で暮らして、しかし何かを我慢しているわけではない。高層マンションではなく屋根にソーラー・パネルを載せた家。そんなに遠くない職場とすぐ近くの畑の野菜。背景に見えている風車。アレグロではなくモデラート・カンタービレの日々。

それはさほど遠いところにはないはずだと、この何十年か日本の社会の変化を見てきたぼくは思う。

8　政治に何ができるか

震災から後、政府の動きについてさまざまな不満が表明されてきた。緊急の場合だからすべきことは多いのに、実際には何もできていない。打つ手がどれも見当違いで、国民の生命と財産を危険にさらし、不安をあおっている。

実際の話、そういう思いをいだくことは多かった。とりわけ原発に関しては、この事態に対して何の準備もなかったではないかと苛立つ。

しかし、原発の事故に対して何の準備もしてこなかったのは時の政府ではなく国家そのものだった。いちばんの当事者であるはずの東電がいかなるシナリオも用意していなかった。それならばここで政府、具体的に言えば菅内閣を責めるだけではことは済まない、とぼくは考えた。もともと個人に担いきれないほどの権力を預けられ、その権力に比例した責任を負わされるのが政治家なのかもしれない。

もっと自分に即した疑問ないし反省も湧いてくる――これまで政治というものについて

真面目に考えたことがあったか。

本当は大事なことのはずなのに、あの種の人たちがあっちの方でやっているあの手のこと、と見なして遠ざけてきた。

批判するのはたやすい。ほとんどの政策は愚策である、と遠方から総論で片付けることもできるだろう。

愚民の代表が権力を求め、利に溺れ、夢想に踊り、現実に足を引っ張られながらなんとか進めるもの。

しかし、災害が起こって次々に策を講じなければならない時にシニカルな総論を言っても始まらない。我々はみな圏外に立つ評論家ではなく当事者なのだ。


政治とは何か、自分なりに定義してみよう。

大は国家や国際機関から小は従業員数名の会社まで、複数の人から成る共同体はその時々運営の方針を決めなければならない。大人数の場合、全員が集まっての議論はむずかしいから誰かが指揮を執ることになる。この代表者が決める方針が参加者みんなの総意を反映することが望ましい。

しかし人が十人いれば意見は十通りある。ここで言う意見とは具体的な事態へのその人の思想の応答である。例えば原発を廃止すべきかどうか、その答えが意見。

それと関連する（しかし直結するのではない）立場ごとの利害の違いがある。社会をある方向へ動かすことは一定の人々の利を増し他の人の利を損なう。だから全員一致はあり得ない。

思想と利害が人々の姿勢をばらばらにする。運営の方針を決めるには、それらを整理統合して一つの政策にまとめるプロセスが必要になる。おそらくはそのプロセスのことを政治と呼ぶのだ。

政治のフィールドには理想論と現実論という二つの極があって、この隔たりがとても大きい。常温の水が出ないから熱湯と氷水の二つの水栓から得たものを混ぜて常温にしようとする。ところが出てくるのは熱湯と氷水ではなく、水と油なのだ。どうやっても混ざらない。

まず、社会は自然の産物ではなく人間の意思の産物である、という能動的な原理を認めよう。それは設計して製造ないし改造できるものだ。あるいは運転が可能なもの。こちらに立てば理想論が生まれる。社会にはあるべき姿があって、そこに近づけるのが政治の使命。

それに対して、社会は多くの成員からなっているから、その考えをまとめて理想に近づけるなどできるわけがない、とりあえずは自分の利、というのが現実論。
理想論は言葉を信頼し、現実論は権力や金に依る。

代表者に圧倒的な権力があれば政治は容易だ。多数の支持でその座に就いたのでもいいし、クーデタなどの暴力でそれを得たのでもいい。ともかく反対意見を力で封じて共同体を一定の方向に進めることができる（例として隆盛期のナチス・ドイツを挙げておこう）。
強力な指導者がいないと、政治の場は乱戦となる。決定的な力を持たない指導者たちがボールをめぐってフィールドを駆け回る。審判はいるのかいないのか。国家レベルの政治の場合、混迷はいよいよ深くなって、時にはゴール・ポストがすたこら逃げたりして、落ち着く先はなかなか見えない。これがこの十年ほどの日本の「政局」を見ていての感想である。

実際には政治はまずもって政策を決める力だ。今でいえば産業界の求めるものと環境問題に関心のある市民の求めるものは違う。その間で何らかの結論を出さなければならない。互いに理性的に説得し合うのには限界があるから露骨なパワーのバトルになる。プレイヤーの履歴、性格や支配力・影響力、それぞれの背後にある勢力などがパラメータとして関わってくる。ファミコンなどのバトル形式のゲームを想起するといい。キャラクター一人ずつの横に吹き出しでそれぞれの戦闘力が数字で表記される、あの種のゲーム。見ていておもしろいからメディアは詳細に伝える。

名を成す政治家の多くは強いプレイヤーだ。戦闘力の内容はさまざまで、発言のスタイルで大衆の人気を博するタイプもいるし、裏からの工作で多くの議員をまとめて強い派閥を作る者もいる。

これが新聞でいえば政治部の視点から見る「政治」ないし「政局」である。メンバーたちの立ち位置と力関係だけからなる構図を日を追って詳細に報ずる。時には強いメンバーがいないと嘆いてみせる（メディアが政治の伝達者に見えて実はプレイヤーであるから、ことはいよいよ複雑怪奇になる）。

正直に言うとぼくはこの種のゲームに関心がない。勝敗の行方を追うのはおもしろいとしても、国家はメンバーたちの資質によって左右されるにはあまりに大きい。国は個人に依らない方がいい。王政は暗愚な王が出た時が悲惨だから消えたのではなかったか。

よき独裁者はいない、というのが歴史の結論である。非効率の衆愚の政治でも民主主義の方が害が少ない。

政治を行うのは政府である。政府の右側には（左側でもいいが）その政権の支えとなる政党があり、反対側には政府の意を汲んで動く（はずの）官僚機構がある。

こういう大きなシステムがどう動くか。

システムと呼ぶといかにも精緻に組み立てられたマシーンのように思われるが実際には思惑の絡まり合いだ。政党も官僚機構も結局は個人から成る。それぞれには権力拡大と保身の欲望がある。国家の前にまず自分。国家のためにこそまず自分、とずうずうしく信じられるようでなくては有力な政治家にはなれないのかもしれない。

それとも、理想を実現しようと努力する誠実な側面も政治家たちにはあるのか。冷笑で見てはいけないのか。

理想論と現実論が混じり合っている、というのはこういう意味だ。

震災後の政府の動きに対する批判の中に「犠牲の山羊」を求める気持ちはなかっただろうか。高飛車なジャーナリズムを駆動していたのはこの原理ではなかったか。

社会的に大きな災難が生じた時、人間はまず感情的に反応する。絶望や落胆や悲哀からとりあえず抜け出すために浄化の手続きを求める。

古代イスラエルでは人々の罪や災厄の責任を一頭のヤギに負わせて荒野に放逐した。すなわち「犠牲の山羊」、英語でスケープゴートと呼ばれる。日本では禊《みそ》ぎによって汚《けが》れを水に流すことにしていた（例えば祝詞《のりと》の「六月晦日大祓《みなづきのつごもりのおおはらえ》」など）。葬儀から戻った時に塩を撒くのも同じことだ。いずれにしても何らかの方法によって汚れを祓う。

実はその原理においては裁判も同じだろうとぼくは考える。できるかぎり合理的に見える方法で「犯人」に罪を負わせ、浄化の儀式を行う。だから「犯人」自身がその合理性を受け入れない場合、裁判は茶番にしかならない。オウム真理教事件の麻原彰晃がその典型で、その意味では裁判というものは儀式ないし演劇だということができる。

震災の後、ジャーナリズムは国民の感情的な反応に対象を与えようとやっきになっているように見えた。

「あいつのせいだ！」と指さすこと。

天災と呼んだだけでは絶望と落胆と悲哀から抜け出せない。

被害について、人災の部分を合理的に解析してゆくのは将来のために必要なことだが、しかしそれと目前に責任者を想定してただ叩くのは違うことではないか。東電の経営者を個人として糾弾して放射能洩れが止まるのならばそうすればいい。しかしそれは「合理的」な方法ではあるまい。経営者はたまたまこの時期にその職に就いていたにすぎない。断罪の前には精緻な事態の解析がなければならない。

もっと目的論的な考えかたもある。

政治とは政策であり、その実現の過程である。

よき政策を掲げてそれを実行するのがよい政府である。

こう言う時、ぼくはゲーム見物やシニシズムを捨てて、社会が政治に求める最終の産物を考えている。理想論に傾いている。

今の段階で言えば大事なのは被災地の復興を具体的に進めることであり、日本の電力事業を再編して安全で安定した供給システムを構築することだ。

前者は政策というほどのものではない。細かいことはともかく全体として進むべき方向は見えている。大きな争点はないのだから、行政のレベルで合理的なプランを作って実行すればいい。

電力については原子力を廃止するか残すかという大きな争点がある。ぼくの考えは「昔、原発というものがあった」の章に書いたとおりだ。

政治がその実現に向けて着実に動くことを期待している。

9　ヴォルテールの困惑

一七五五年十一月一日、ポルトガルのリスボンで地震と津波が起こって三万人が亡くなった。誰にとっても青天の霹靂《へきれき》だった。戦争や飢饉や伝染病はあっても自然災害という話題が少ないのがヨーロッパ史である。

三週間後にジュネーヴでこのことを知ったヴォルテールは衝撃を受けた。信奉するライプニッツの、「あり得る世界の中で現実のこの世界は最善のものである」という可能世界論の信念を揺すぶられたのだ。こういうことは起こらないはずだったのに。

震災をきっかけに彼はこういう詩を書いている——

（前略）
姿を消したリスボンは、歓楽に浸るロンドンやパリよりも
多くの悪徳に耽っただろうか。

リスボンは壊滅した、そしてパリでは人はダンスを踊っている。
（「リスボンの災厄に寄せる詩」保苅瑞穂著『ヴォルテールの世紀』岩波書店）

キリスト教では人間は神の愛する子である。他の生物とは扱いが違う。この世界は人間が楽しく暮らす場として創られた、というのが可能世界論の骨子だとぼくは理解している。神は自然を人間に対する意思伝達の手段としてはお使いにならない。人が勝手に荘厳な夕陽の中に「自然における神の栄光」を読み取るのだ。キリストは神を試してはいけないと言った。絶対に、どんな意味でも、今度の震災をノアの洪水と見なすべきではない。

災害が起こるといわゆる天譴論《てんけんろん》が横行する。発言の権利を持つ者、権力の席にある者が災害を利用して自分の意見を強化する。自分自身を天罰の範囲の外に置いた居丈高な論法。関東大震災では渋沢栄一がこれを唱え、芥川龍之介は批判した。

天災に際してまず大事なのは「天罰だ、反省しろ」というお説教ではなく、連帯である。ヴォルテールで言えば『カンディード』（植田祐次訳、岩波文庫）の中の「それから、ほかの人びとと同じように、死を免れた住民たちを懸命に助けた」という部分をこそ読まなければならない。震災と津波はただただ無差別の受難でしかない。その負担をいかに広く薄く公平に分配するか、それを実行するのが生き残った者の責務である。亡くなった人たちを中心に据えて考えれば、我々がたまたま生き残った者でしかないことは明らかだ。ダンスを踊ってはいけないのではない。東北の人々と共に踊る日のためにできることのすべてをした上で、その日を待ちながら、一人ででも踊る。

ぼくが最初にリスボンの地震とヴォルテールの怒りに出合ったのは『魔の山』〈トーマス・マン著、関泰祐・望月市恵訳、岩波文庫〉の中だった。人文主義者セテムブリーニが「自然の破廉恥《はれんち》な暴虐にたいして、彼は精神と理性の名において抗議したのです」と言うのだが、今『カンディード』を読むとヴォルテールの怒りはやはり人間に向けられているように思える。

キリスト教の神をきっかけに、聖書学者・秋吉輝雄に聞いたことを思い出した〈彼は父の従弟で、ぼくにとっては兄のような存在だった。彼の学識を世に広めようと思ってぼくは対話を提案し、その成果を『ぼくたちが聖書について知りたかったこと』〈小学館〉という一冊にまとめた〉。

彼によれば、ヘブライ語には時制がない。動詞に過去と現在と未来の区別がない。キリスト教が世に広まるきっかけは聖書がギリシャ語に訳されたことで、それと共に旧約の世界に時間軸が導入された。

それ以前、ヘブライ語の世界では過去はそのまま現在だった。だから彼は言う――

もっと言えば、天地創造というのも過去のことではなく、いまだ終わっていないんです。

つまり天地は今も創造されつつあるのだ。

それならば、地震も津波もその進行中の天地創造の荒々しい過程の一つの段階にすぎない。

自分に都合のいい神を勝手に奉《たてまつ》ってはいけない。

今回の震災を機にぼくは何度か山浦玄嗣さんの言葉を聞く機会を得た。先日の講演で彼は（ぼくにとっては）驚くべきことを言った――

祈るとは自分勝手な願いを神に向かって訴えることではない。祈るとは、自分は何をすべきなのか、それを伝える神の声を聴こうと耳を澄ますことである。教えを乞うことである。自分は斧なのか、槌《つち》なのか、あるいは水準器なのか、それを教えてほしい。それがわかれば、神意のままに身を粉にして働くことができる。

人は神の道具であると言いながら、主体性は人間の側にある。命令をそのまま実行するのではなく、自由意思でその道を選び取る。

連帯に話を戻そう。

シンパシーは同情と訳される。共感という訳語もある。パトスを同じくすること。他者の思いを自らの思いに重ねようとすること。

そう考えてアメリカの哲学者アルフォンソ・リンギスの言葉を思い出した。ヴォルテールと秋吉と山浦に続いてこれも引用しようか――

……死は個人にやってくる、人は一人で死ぬ、とハイデガーは言った。しかし私は病院で、生きている人々の間にあって、死に行く者に付き添う必要のことを何時間も考えた。医者や看護師ができるかぎりのことをするのは当然だが、たとえ何もできなくても死につつある者のそばに人は最後まで居ようとするものなのだ。現実にはむずかしいことだけれども、しかしそれは責務である。死にかけているのが仲間や愛する者、言い換えれば人生を共に生きた相手だからとはかぎらない。隣のベッドや隣の部屋に一人で死のうとしている人間がいたら、それがまったく知らない相手でも、人はその死を看取るだろう。

（『何も共有していない者たちの共同体』筆者訳）

しかし今回、たくさんの人々が付き添いのないままに死んだ。地震と津波はその余裕を与えなかった。

彼らが唐突に逝った時、自分たちはその場に居られなかった。

その悔恨の思いを生き残ったみなが共有している。

このどうしようもない思いを抱いて、我々は先に向かって歩いていかなければならない。

その先に希望はあるか？

もちろんある。

希望はあるか、と問う我々が生きてここにあることがその証左だと言うのは逆説でも詭《き》弁《べん》でもない。東北の被災地の人々が立ち上がって、避難所と仮設住宅を経て、復旧と復興に力を尽くす。行政とボランティアが不器用ながら誠意をもって手を貸し、より広範囲の人々がそれを支援する。

まずはこの構図を現実のものとして受け入れよう。どうせ何も変わりはしないというシニシズムを排除しよう。

これを機に日本という国のある局面が変わるだろう。それはさほど目覚ましいものではないかもしれない。ぐずぐずと行きつ戻りつを繰り返すかもしれないが、それでも変化は起こるだろう。

ぼくは大量生産・大量消費・大量廃棄の今のような資本主義とその根底にある成長神話が変わることを期待している。集中と高密度と効率追求ばかりを求めない分散型の文明への一つの促しとなることを期待している。

人々の心の中では変化が起こっている。自分が求めているのはモノではない、新製品でもないし無限の電力でもないらしい、とうすうす気づく人たちが増えている。この大地が必ずしもずっと安定した生活の場ではないと覚《さと》れば生きる姿勢も変わる。

その変化を、自分も混乱の中を走り回りながら、見て行こう。

陸前高田市

気仙沼市

女川町

気仙沼市

女川町

女川町

石巻市

気仙沼市

書き終えて

作家になって長いが、こんな風に本を書いたことはなかった。

書かなければならないことがたくさんあるはずなのに、いざ書き始めてみるとなかなか文章が出てこない。書いているうちに間違った道に入り込んで戻り、頭を抱える。その合間に何度となく被災地へ行って走り回り、人に会って何かを知ろうとする。だが大事なものがどうしても摑めない。焦っている自分をなだめる。

この本の中にはここ五か月の間に新聞や雑誌に送ったエッセーやコラムの内容が再編集された形で入っている。その時々、目の前の事象について考え考えしながら文章にしたこと。しかしそれらはぼくの中で刻々変化しているから、そのまま再録するわけにはいかない。ジャーナリズム向けではない文章にしなければならない。

ぼくは震災の全体像を描きたかった。自然の脅威から、社会の非力を経て、一人一人の被災者の悲嘆、支援に奔走する人たちの努力などの全部を書きたかった。

振り返れば、原発の危険については十八年前の『楽しい終末』という本に書いていた。自然と人間の関係については『母なる自然のおっぱい』に詳しい。ボランティアについては『タマリンドの木』、天災に関しては『真昼のプリニウス』という小説があり、風力発電のことならば『すばらしい新世界』ならびにその続篇の『光の指で触れよ』がある。

つまりぼくはこの震災を機にこれまでに考えてきたことをもう一度改めて考えたのだ。瓦礫の光景に促されたと言ってもいい。だから薄い本なのにこんなに手間がかかった。ここ数か月、これ以外のことは何もしていなかったような気がする。

途中で抜け出して、六月の下旬にイギリスのノリッジで開かれた作家と翻訳家の会議に顔を出した。フォーラムの席でC・K・ウィリアムズという朗読のおそろしくうまい詩人がスピーチの中で「倫理とは想像力だ」と言った。自分が何を探しているかわかった気がした。

ジョン・ダンの詩に「誰の葬儀の鐘かと聞いてはいけない。それはおまえの葬儀の鐘だ」とあるのに似ている。人はみな孤島ではなく大陸の一部だ、というのがあの詩の前段。思えば、詩の一行をタイトルに借りたシンボルスカが正にそういう想像力の詩人であった。

こういうことを考えながら、前へ出ようと思う。

二〇一一年八月十一日　遠野

東北再訪

本章の写真は著者撮影

ぼくは自分が東北と初めて出会った時間をよく覚えている。明け方だった。日付けはおろか季節も定かでないのだが、時間はわかっている。それはこういうことだ——

ぼくは北海道の帯広に生まれて六歳までそこで育ってから東京に移った。それで先日、急に興味が湧いて当時の時刻表を探し出し、昭和二十六年（一九五一年）のこの人生最初の大移動を辿りなおしてみた。

深夜に汽車に乗ったことは真正な自分の記憶として残っている。ぼくは日付け不明のその日、二十三時五十六分帯広駅発の急行「まりも」に乗った。

今は石勝線があるから帯広から札幌方面へ向かうには西へ走って新夕張の方へ出るが、当時は北西の狩勝峠《かりかちとうげ》から富良野・滝川を経由する根室本線がコースだった。札幌の先も今のように苫小牧・登別を通る室蘭本線ではなく、小樽から倶知安《くっちゃん》・長万部《おしゃまんべ》に向かう函館本線。

小樽に着くのが翌朝の八時四十六分。函館着は十四時十八分だから、北海道内の移動だけで十四時間以上かかる。十四時五十分発の青函連絡船に乗って、十九時三十分に青森に到着。二十時三十五分発の急行「北斗」に乗り換えて、これが上野に着くのは翌日の十一時十五分。

つまり帯広を出て上野に着くまでに三十五時間十九分かかっている。運賃は千二百七十円で、急行料金が五百円。ぼくは小児だったからこの半額だったはずだ。

夜の八時半に青森を出た汽車は明け方にはどのあたりを通っていたのだろう？

そこで眠い目をこすり、汽車の冷たい窓ガラスに額を押しつけながら見たのが東北の風景だった。

山が近い、というのが最初の印象。汽車の窓のすぐ前に立ちはだかっている。どこまで行っても狭い谷間を走っているように思われた。そんなことまで覚えているかと問われるかもしれないが、その出会いは強烈だったのだ。だから何度も思い出して記憶として固定した。

帯広は日本で二番目に広い十勝平野の真ん中にある。そこでは山は遠くにあって紫に霞んでいるものだった。しかし、北海道人が内地と呼ぶこちら側では、山は壁のように目の前に迫る。違うところに来たと思った。

それからしばらくの間、ぼくにとって東北地方は通過するところでしかなかった。北海道に戻る時、上野から特急「はつかり」で北上して青函連絡船で海を渡って特急「おおぞら」に乗る。

宮澤賢治を読むようになってからはイーハトーボという架空の地名が岩手に重なったし、それをきっかけに盛岡周辺を歩いたこともあった。北で生まれた者はなんとなく気持ちが北に向かうもので、その意味では東北は北海道に次いで親近感のある土地だったと言える。

偶然のような事情から盛岡市のずっとはずれの玉山に土地を持っている。もとは牛を飼っていたという話で、マンサード屋根の牛小屋とサイロがあって、あとは草ぼうぼう。あれで百坪くらいはあるのだろうか。親が三十万円で知人から入手したのはもう三十年も前の話だ。別荘を建てるという話もあったけれどなにしろ遠くて不便だし、さしあたり生活に余裕がなかった。実際には何も建てないまま今に至っている。たまたま近くを通る時に行ってみてなかなか気持ちのいい土地だと思うくらい。細い道を隔ててすぐ小川になっているのが好ましい。マンサード屋根の牛小屋は行くたびに崩壊の度を増して、サイロも屋根が落ちてしまった。

ぼくは青年期にミクロネシアと出会い、海外をぶらぶら歩くことの楽しさを覚えてギリシャに暮らし、戻ってからは東京で鬱屈した日々を送って、やがて沖縄に移った。知らない土地とよしみを通じて、そこの気候風土や言葉、風習、食べ物、人間性などを少しずつ知ってゆくことが道楽のようになった。そうして東北は気になりながらもいずれ行くところとして心のどこかに留保してあった。岩手県山形村（現久慈市）の内間木洞《うちまぎどう》で完全な暗闇の中で一人で二時間を過ごしたことがある。葛巻町の風力発電を見学に行ったこともあった。宮澤賢治の詩については『言葉の流星群』という本を書いた。

そして、二〇一一年三月十一日が来た。ぼくは四国の吉野川の岸で地震のことを知り、仙台に住む老いた叔母夫婦の身を案じた。彼らにとって仙台はもともと深い縁のあるところではなかった。東京で長く暮らして晩年を気楽に過ごすために友人の伝手《つて》を頼って移り住んだ土地だが、その二人を仙台は温かく迎えてくれたようだった。そこに地震が来た。

ここまでにいくつの地名を書いただろう。

昔から地名に惹かれてきた。

ぼくの世界観は四歳か五歳の時に自分が住んでいる町が帯広であることを認識したところから始まった。

いや、人と同じように土地にも名前があるということを知ったところからだろうか。ここはただここではなく帯広である。ここにいるかぎりここはここで済むのだから、土地に命名するという行為は仮に他の地に身を移してのことだ。言い換えればここには地名は不要で、あそこになった時に名前が必要になる。それは、ぼくはぼくで済むのに他人から呼ばれる時は夏樹になるのと同じことだ。他者を得て人は自分を相対化する。

帯広を相対化する他の地は母がいた東京であり、伯母がいた札幌であった。母から見ればぼくがいる場所はただのここではなく帯広だということがわかった時、世界に広さがあることを理解した。尺度は東京と帯広の距離だ。とても遠いけれども線路を敷いていけばつなげる。汽車と船で行くことができる。原理的にはそういうことだ。

なぜオビヒロなのか？　後に知ったところではこの名の由来はアイヌ語でオペレペレケプ、川尻がいくつにも分かれているところ、だという。平野を流れる川はいくつにも分かれてまた合流する。実際このあたりで十勝川や札内川はたくさんの中州を抱えている。

アイヌの地名の作りかたにはどこか原初的で詩的なひらめきが感じられる。地形を読んで、そこが自分たちの暮らしとどう関わるかを読んで、迷うことなく名を付ける。

驚くのは地名の密度だ。ぼくの祖先は明治の初期に今は新ひだか町となった静内《しずない》に入植した。縁のある土地としてこのあたりを例に取れば、江戸時代末期の探検家松浦武四郎は今の春立《はるたち》と静内の間、彼の表記によればハルタウシナイとシヒチヤリの間に二十の地名を記録している。すべてそこに住むアイヌから聞き取って文字化したものだ。今の国土地理院の地形図には地名は二つしかない。狩猟採集と小規模な農耕で暮らしたアイヌにとって地名は暮らしと直結していたのだろう。現代の車のセールスマンが何百人もの顧客の名前と顔を覚えているように、彼らは土地を覚えていた。土地は自分から名乗らないからこちらで名を付けた。つまり土地の名とはあだ名だった。

小さな地名は地形やそこの性格や用途から命名できる。九十九里浜は古代の一里すなわち六町を単位に九十九里の長さがある浜だからわかりやすい。

難しいのは大きな地名の場合だ。九州は筑前国・筑後国・肥前国・肥後国・豊前国・豊後国・日向国・大隅国・薩摩国の九つから成るからその名がついた。四国も同じ。つまりその地全体の資質に依っている。

山陰と山陽は山の北と南の意、この場合の山は中国山地だから、命名の根拠はそう遠くないところにある。山陰が「陰」の字を嫌っているのはわからないでもないが。

関東は少し複雑だ。関の東の意だが、この関は時代と共に変わった。奈良時代には東海道鈴鹿関、東山道不破関、北陸道愛発《あらち》関から東の地域を指した。この場合、基準点は畿内であり、関の先は別の地域という思いがある。それが江戸時代になると、箱根関・小仏関・碓氷《うすい》関より東、となった。基準点は江戸であるから図柄は東西反転している。その結果、江戸から見て関の西ということで関西が生まれたのだろう。

ぼくは東北という名称のことを考えているのだ。

方角を含む地名の基準点はその地にはない。どこかから見て東北の方にあるからそう呼ばれる。つまりその地域は自分を命名する権利を持っていなかった。他者によって名付けられてしまったところ。他者とはその時々の日本国の中央である。他の地域を他とする権力を持つところ。

東北は近代の命名だが、その前にあった陸奥にしても出羽にしても、またすぐ隣の越国《こしのくに》にしても、命名の基準は中央ではなかったか。陸の奥、出たところ、越えたところ……出羽は平安時代には「いでは」と読まれていた。

「みちのく」すなわち道の奥もまたこちらからあちらを措定《そてい》しての命名である。沖縄のヤンバルの果てには「奥」という集落があるが、人は自分がいるところを自ら奥とは言わない。

そこに住んでいる人の視点とこれらの命名はなかなか合致しない。

二〇一一年三月十一日は我々が持っていたものの考えかたを大きく変えた。生きかたまで変わったかもしれない。

仙台の叔母夫婦は地震で直接の大きな被害は受けなかったが水や食べるものにもこと欠いて不便で不安の多い日を過ごしていた。

ぼくは三月の二十五日に、ようやく大型車のみ走れるようになった東北道を高速バスで北上して仙台に入り、そこに住んでいた二人を札幌へ避難させた。その時は仙台の中心部しか見なかったから破壊の跡はあまり目に入らなかった。

四月に入って七日にまた仙台に行き、留守になっていた叔母のマンションで震度6の大きな余震を体験した。翌日から新聞の取材で仙台市若林区や松島・石巻・女川の被災地を見て、その後でずっと北の大船渡と陸前高田に行った。

その後も何度となく三陸に通った。

この地名の由来はわかりやすい。初めはぜんたいが茫漠と陸奥であり、やがてその中でも少し手前という意味で陸前と陸中が作られた（陸奥にはその他に磐城と岩代があった）。この三つを合わせて三陸。これも中央から見ての命名である。そしてこの呼びかたが全国的に知られるようになったのは一八九六年（明治二十九年）の津波がきっかけであったという。

あれからずっと東北のことが頭から離れない。仙台市若林区荒浜で初めて見た、あのすべてが壊れてしまった光景から逃れられない。ぼく自身は何の被害も受けていない。叔母たちはしばらくは非日常の辛い日々を送ったがやがて本来の生活に戻った。それでもぼくの気持ちはあの地方のあの災害以外のことになかなか向かない。必死で考えて、現地に行って人と会って、それらの結果を九月になって『春を恨んだりはしない』という一冊の本にまとめたけれど、それだけではあの日に起こったことの全体は見えない。

三月十一日から半年以上を経て、十一月、また三陸に行こうと思った。

今度は北から南までずっと辿ってみる。

海岸に沿って伸びる国道四五号線は何度となく走った。しかしそれはもっぱら釜石から陸前高田までの間だった。今度はもう少し広く走って、地震と津波のことだけでなくもっと広い意味で東北という土地のことを考えてみよう。

四五号線は青森から仙台までだが、ぼくはまず三沢空港に降りた。ここに来たのは二十年ぶりくらいだろうか。航空自衛隊とアメリカ空軍の基地が一緒になっていて、実際ぼくが乗った羽田からのフライトでもアメリカ人の男性が数名乗っていた。沖縄便でよくあることであり、アメリカン航空と日本航空のコードシェア便であるのもこの種の顧客が多いからだろう。

空は重い雲に塞がれている。気温十一度。レンタカーを借りて走り出し、降りそうなので途中のコンビニで念のためと思って傘を買ったが、旅の間この傘は使うことがなかった。

まずは太平洋に向かう。国道三三八号線にぶつかって右折。もしもここを左に行けば六ヶ所村を経てむつに至る。遥か昔に原子力船「むつ」の母港となったむつ小川原港をはじめ、原子力産業と深く結びついた地名である。危ないものは端っこの方に持っていけばいいという中央の為政者の意図が透けて見える。

すぐに三沢漁港があったので寄ってみた。ここも津波で壊れたのだが、復旧が速やかに進んだらしく埠頭は平常に戻っていた。接岸しているのは集魚灯をたくさん並べたイカ釣り漁船。

東北ではどこに行っても、ここはどれくらいの被害だったのかと、まるで保険業者のような目で査定するのが癖になっている。実際、四月に新聞の取材で東松島から石巻のあたりを走った時、タクシーの運転手が「今、こうやって走り回っているのはジャーナリストと保険屋さんですよ」と言っていた。彼らは家一軒ごとの被害の実態を現場で確認していた。英語で言うクレイム・アジャスターだ。

ここの港は大丈夫。この漁船は今夜にも出港してたくさんイカを獲ってくるだろう。たくさんの人がそのイカをおいしく食べ、漁師も流通業者もうるおうだろう。そうやって安定した日常が過ぎてゆくだろう。

自分がそういう方向へ考えを導いていることがわかる。ここからずっと南へ行けば壊れてしまったままの漁港がたくさんある。更に南には放出された放射性物質のために魚を獲ってはいけない広い海域がある。だから、ここはまだ大丈夫と思いたがる。つまり、あの日の後で東北に行くことは喪失の中へ入って行くことで、それはなかなか辛いのだ。自分自身には何の被害もなかった。しかしたくさんの人が亡くなり、身内を失い、家財を失い、生活の場を奪われた。その人たちの思いに沿うことができるか。その資格ないし権限がおまえにあるか。

今、東北に行くことはこの難問の中に踏み込むことである。行くという以上、自分の拠点は東北の外にある。

この立場は誰かに似ていると思った。自分を安全な場に置いたままで苦境にある人々に「同情」しなければならないという煩悶。宮澤賢治だ。

彼は花巻の富裕な家に生まれ、生活苦を自分の身には負わなかった。しかし貧困に追い詰められた農民たちを見て、そこに自分を重ねようと努力して、それが偽善になりかねないことに気づいて苦しい思いを重ねた。「サムサノナツハオロオロアルキ……」と言うが、彼自身は田や畑に生活を預けているわけではない。だから「サウイフモノニ／ワタシハナリタイ」と願望の形で言うのだ。夏になっても気温が上がらず、苦労して植えた田の稲は育たず、見ている前で作況指数がずるずると下がって行く。その落胆を彼は共有したいと思った。しかし田の持ち主である農夫にとって彼の思いは何の意味もないものだった。そして彼自身それをよく知っていた。

人はどこまで他人の境遇に沿うことができるか。

抽象的にならばどんなことでも言える。ボランティア活動もできるし、義援金や物資の提供もできる。しかし被災そのものを分かち持つことはできない。その点を自覚していないと人は偽善の罠に落ちる。

ボランティアの出発点はその場の状況である。そこにあるべきでないものがあるから片付ける。あるいはあるはずのものが無いから運び込む。辛い体験を話したい人がいるから耳を傾ける。それはただ目前の空白を埋めようという衝動のようなものだ。自分の名前は消え、ただ動く手足となり、聞く耳となる。

この原理は倫理的に信頼できるだろうか？

交通事故の現場に行き合った者がともかく動く。怪我人の様子を見て、救急車を呼ぶ。その時、彼は名前のない救護者であってそれ以上ではないだろう。もちろん何の見返りも期待していない。道に落ちたゴミを拾う時、彼は何者でもない。

他人の怪我が痛くないのは不条理ではないだろうか？　そこで初めて自分は他者とは違

うということに気づく。ぼくは東北を歩きながら、ずっとそういうことを考えてきた。宮澤賢治は偽善のすぐ近くにいる。彼が自分の資産と能力の有効利用を考えて苦悩し続けたから、それを作品の中に残したから、それで彼の意図の真正を後世の我々は認めるのだ。

八戸の市街に入る手前で不思議なものを見た。

そこは三菱製紙の工場のすぐ先で、道はまだ青森を起点とする国道四五号線ではなく、海の近くを走る県道一九号線だった。三菱製紙を横目で見ながらぼくはここは稼働しているのだと心の中で一種の確認をした。四月に石巻で見た日本製紙の壊れた工場と対比していたのだ。

カーナビが左に曲がれと言った。市街地をバイパスして港を抜ける道があるらしい。左折してすぐに右折して県道と並行する道に入った。左側はすぐに海だ。そこに断裁された船の残骸が並んでいた。海難事故の遺物などではなくスクラップだということは一目でわかったけれど、そしてもちろん津波とは無縁だということも了解したけれど、それにしてもなまなましい。エンジン・ルームの壁一面に配置された制御装置がこちらを向いていて、計器類やハンドルや配管、リレーなどがずらりと並んでいる。普通ならば船底近くにあって日の光を浴びることなどないものが剝き出しになって外気に曝されている。船尾の部分で「第十六躍進丸」という船名が読み取れた。船籍は岩崎港。青森県深浦町だからここからは陸地を横断して真西の海に当たる。解体のために津軽海峡を越えてここまで回航されたのだろうが、胴切りにされるために来るその旅路も哀れだ。日本海で何を獲っていた漁船なのだろう。

船体を断ち切る作業は巧妙だったらしく、本当にばっさりと綺麗に始末された断面が見えている。工学的で美しいとも言える。もちろん無残なのだが、しかしこれは人間が意図して壊したのだからいいのだと自分を納得させる。これはいいのだ。

この三月以来、津波が壊したものをあまりに多く見た。陸地に押し寄せる大量の水の破壊の光景、何もなくなってしまった住宅地、道路脇に積み上げられた瓦礫（この言葉をぼくは今ほとんど憎悪している）、裏返しの破壊とも言える避難所や仮設住宅。どうやっても担いようがないものを押しつけられたような、不条理な、持ってゆく先のない感情。自分は何の被災もしていないのにという矛盾と共にそれを抱えてこの数か月を過ごした。だから宮澤賢治なのだ。サムサノナツハオロオロアルキ……

そういう思いが船の断面を見ているうちに湧いてでた。

本当を言うともう瓦礫は見たくない。一生分見たと言いたい。しかしぼくがなんと言おうとそれはまだそこにある。三月十一日はそこにある。目を背けて済むことではない。じ

八戸

っと見据えて、こちらの目の力でなんとかしなければならない。一種の闘いなのだろう。

非東北人による東北紀行の中でいちばん大事なのは、言うまでもなく『おくのほそ道』である。日本人の東北観を集約したものと言っていい。そういう目で読み返してみよう。

タイトルがそのまま辺境への旅を表している。行く先は「奥」であり、辿るのは「ほそ道」だ。旅立つ日の不安もまた向かう先の危うさを反映している。先達のことを思えば、西行こそ自宅で亡くなったが、宗祇も李白も杜甫も客死である。芭蕉はそれを心に留めて旅に出た。

実際には「奥の細道」は仙台の東北、今の東北本線岩切駅に近い岩切村入山（現仙台市宮城野区岩切入山）の歌枕である。中世にここにあった街道の名で、失われていたのを仙台に移り住んだ俳人大淀三千風《みちかぜ》が東光寺の門前と措定して再整備した名所である。芭蕉の旅は大淀の『松島眺望集』に促されてのことと言うし、実際『おくのほそ道』の中には「宮城野」のくだりに「おくの細道の山際に十符の菅有」と言及している。しかし、これはいわばこの旅の象徴であって、旅ぜんたいが「おくのほそ道」であったことは明らかだ。その背景にはまた『伊勢物語』にある静岡の「蔦の細道」への連想があると注釈には書いてある。

しかし、東北への紀行とは言っても彼は仙台の先、松島から平泉あたりを限りとしてその先は北へ向かわず、西の月山と象潟《きさかた》の方へ行ってしまう。今の我々の知る東北の半ばまでだ。

これより北は芭蕉の関心の外だった。もっとわかりやすく言えば、歌枕がなかった。ざっと一覧を見れば、平泉のすぐ北を流れる衣川が北限で、これのみが今の岩手県にある唯一の歌枕だ。あとは「宮城野」、「壺の碑」、「末の松山」、「松島」と宮城県ばかり。どこも芭蕉はきちんと足を運んで句を詠んでいる。その先の「あねはの松」と「緒だえの橋」は探しそこねたらしいが。

歌枕がなかったということは、このあたりが京を中心とする和歌の文化に備わった地理的想像力の限界だったからだろう。なにしろ「つぼのいしぶみ（壺の碑）」などはどこにあるかわからないことで知られた歌枕だった。辺境の霧の中に霞んでしか見えなかったのだ。だから芭蕉はその実物とされる多賀城の碑に出会って喜んだ――「むかしよりよみ置る歌枕、おほく語伝ふといへども、山崩川流て道あらたまり、石は埋て土にかくれ、木は老て若木にかはれば、時移り、代変じて、其跡たしかならぬ事のみを、爰《ここ》に至りて疑なき千歳の記念、今眼前に古人の心を閲す。行脚の一徳、存命の悦び、羇旅《きりょ》の労をわすれて、泪も落るばかり也」というほどの感激ぶり。

ここで彼が自然もまた変化すると書いているのが要点とドナルド・キーンは言う。中国人ならば「国破れて山河在り　城春にして草木深し」（杜甫「春望」）と人事に対して自然が不変であることを強調するのに、芭蕉は自然もまた移ろうことを言う。戦乱が比較的少なく、その代わりに天災が多い国ゆえの無常観と解釈していいだろうか、とぼくは考える。

「つぼのいしぶみ」の実体が多賀城の碑であったこともなかなか象徴的だ。多賀城は八世紀に蝦夷《えみし》に対して大和朝廷が築いた最前線の要塞であり、つまり勢力の境界線だった。後に坂上田村麻呂が胆沢城と志波城を造って勢力圏をずっと北へ押し広げたのに、それでも都の歌人たちの目はそちらまで及ばなかったらしい。多賀城は八六九年の貞観の大地震（今回のと同じ規模の津波を引き起こしたことで有名になった）で倒壊し、十世紀には消えてしまった。十四世紀以降の陸奥将軍府は別のものと考えた方がいいだろう。

それでも多賀城は都人の憧れの的となり、だからこの周辺には歌枕がいくつもある。その先にはほとんどない。

八戸港を突っ切るバイパスで鮫《さめ》漁港を目指した。昔から気になっていたおかしな地名の場所を見てみたいと思っただけだが、鮫漁港は大きくて立派だった。この港も津波で浸水したと手元の『東日本大震災 復興支援地図』(昭文社)にはあるが、もうすっかり元に戻ったようで、ざっと見るかぎり被害の跡は見えなかった。

八戸線の鮫駅に行ってみる。駅前の広場に地面からぬっと顔を出した造り物の鮫があった。歯並びがよくてなかなかかわいい。なぜここが鮫と呼ばれるようになったのかはわからなかった。鮫が獲れたからというのが最もわかりやすい理由だろうが、だからといって他の地域に鰊《にしん》とか鯛とか秋刀魚という漁港はない。アイヌ語の地名にこの字を当てたのかもしれない。アイヌ語でも鮫はサメである。

八戸大学の横を抜けていよいよ国道四五号線に出た。この先はもっぱらこの道を辿る。

鮫のことをまだ考えている。

地名は日常の便宜のためだけに用いられるわけではないだろう。土地に対する畏怖の念というものがある。ある土地は多くのシカやイノシシを与え、ある土地は洪水になりやすいことで人の生活を脅かす。それら土地の資質が神格をまとえばこれは拝まざるを得ない。日本列島に住む人々は昔からそうやってその地その地の神々を拝んできた。土地に名を付けるのも信仰の行為ではなかったか。荒ぶる神を宥めるために供物を捧げ、豊作を祈って演芸を奉納する。その時、土地と神は一体だったはずだ。地名を辿る旅はどこかでそのような古代人の振る舞いをなぞることに通じている。まして多くの人が亡くなった土地ならばそれだけ神々に願う後生の幸福も多い。

この日、目指している地名があった。

柳田国男の『雪国の春』の中に「清光館哀史」という話がある。話の始まりは「豆手帖から」のうちの「浜の月夜」だ。

柳田は一九一九年（大正八年）に貴族院書記官長を辞して自由の身になり、翌年の八月から九月にかけて東北を旅した。この時、彼は四十四歳。行く先々から朝日新聞に送稿した旅日記が「豆手帖から」で、その最後のものが「浜の月夜」である。この旅について同行した松本信広が書いている文章が柳田の旅のスタイルを簡潔に伝えて、また東北の地形や生活の紹介も兼ねて、とてもいい――

その間柳田先生は仙台を起点として海岸沿いに北上の旅を重ね、一端遠野にこられ私をおつれになり、また赤羽根峠を越えて南下され、陸前の海岸に出、獺沢《ウソザワ》の貝塚に佐藤さんを尋ねたり、岬の突端の尾崎神社に詣でたり、また大島にわたり、村役場を訪れたりされたのであったが、最後に気仙沼から舟で釜石にわたり、其処で遠野の佐々木さんを一行に加え、総勢三人でいよいよリアス式の登り下りの多い海岸道を一路青森八戸の辺まで向かうことになったのである。

御承知の如く岩手の北上山地は侵蝕を受けることの少ない準平原《ペネープレーン》の姿を保存し、山の上は高原性であるが、その山波は太平洋岸に次第に陵夷し、海際に断岸をなしておる。幾条もの川が並行線をなして東流、海に注ぐが、それが三四百尺の深い峡谷をつくり、旅人はこれを上下しては、また高原性の海岸台地の上を歩かなければならなかったので可成苦しい行程であった。その台地の上は、萩の花の美しく咲き乱れている道であったが、行きかう人もごく稀れであり、たまに見受ける家も主人は海に出て、主婦は幼児をイヅコにいれて畑仕事をしているような孤立家屋でその淋しさはさこそと思われるものであった。

こういう道を何日か泊りを重ね、北へ北へと急いだのであったが、宿屋につかれると先生は、柱によって坐られ、煙草をふかされつつ、サラサラと筆を走らせていた。それが毎日の朝日新聞の紙上を飾り、後に「雪国の春」の一部を構成した「豆手帖から」の原稿であったので、私共は、先生の達筆と博覧強記に全く驚かされざるを得なかった。

地形が急峻で旅がきついこと、そこに住む人々が淋しいこと、これが三陸について人がまず知るべきことだった。そう書いたのは松本であり、もう一人の同行者は『遠野物語』の素材を柳田に提供した佐々木喜善である。彼らから見ても三陸はそういう土地であったということだ。

この旅の終わりも近い頃、一行は今の八戸線陸中八木の少し手前まで行き着く。小子内《おこない》というところだ。内がつく以上これもアイヌ語起源の地名だろう。稚内・朱鞠内《しゅまりない》・静内などなど北海道には無数にあって東北にも少なくない地名で、ナイは川の意である。

その日はたまたまお盆だった。その先は柳田自身の言葉を引こう――

あんまり草臥《くたび》れた、もう泊まろうではないかと、小子内の漁村にただ一軒ある宿屋の、清光館と称しながら西の丘に面して、わずかに四枚の障子を立てた二階に上がり込むと、果して古くかつ黒い家だったが、若い亭主と母と女房の、親切は予想以上であった。まず息を切らせて拭き掃除をしてくれる。今夜は初めて還る仏様もあるらしいのに、しきりに吾々に食わす魚のないことばかりを歎息している。そう気を揉まれてはかえって困ると言って、ごろりと囲炉裏《いろり》の方を枕に、臂《ひじ》を曲げて寝転ぶと、外は蝙蝠《こうもり》も飛ばない静かな黄昏《たそがれ》である。

この後で彼らは盆踊りを見る。
もともと五十戸ばかりの小さな集落で、そこの人たちが街道の井戸の脇に総出で踊るのだが、それも女たちばかりで男は見ているばかり。太鼓も笛もない寂しい踊り。たまたま寄った小さな集落の宿で精一杯のもてなしを受け、月に誘われて出てみればそこで盆踊り。三人の旅の男にとっては思わぬ出会いであっただろう——

我々にはどうせ誰だかわからぬが、本踊子の一様に白い手拭いで顔を隠しているのが、やはり大きな興味であった。これが流行か帯も足袋も揃いの真白で、ほんの二三人のほかは皆新しい下駄だ。前掛は昔からの紺無地だが、今年初めてこれに金紙で、家の紋や船印を貼り附けることにしたという。奨励の趣旨が徹底したものか、近所近郷の金紙が品切れになって、それでもまだ候補生までには行き渡らぬために、可愛い憤懣《ふんまん》が漲《みなぎ》っているという話だ。月がさすとこんな装飾が皆光ったり翳《かげ》ったり、ほんとうに盆は月送りではだめだと思った。一つの楽器もなくとも踊りは眼の音楽である。四周が閑静なだけにすぐに揃って、そうしてしゅんで来る。

つまり、彼らはこの月明かりの光景に魅了されたのだ。

歌の文句が知りたいと思って周囲の見物人に聞いたが、誰も教えてくれない。翌朝、踊り手たちは昨夜のことなど無かったかのように普通に仕事をしている。しかしその晩が満月だからまたみなで踊るのだろうと旅人は想像する。

その六年後、柳田はまた東北に行った。泊まろうと思っていた鮫の港に軍艦が入って混雑しているのが嫌になって、八戸線で陸中八木まで行き、小子内の清光館に投宿しようと思った。

この旅は子供と一緒だったのか、「おとうさん。今まで旅行のうちで、一番悪かった宿屋はどこ」と問われて、「そうさな。別に悪いというわけでもないが、九戸の小子内の清光館などは、かなり小さくて黒かったね」と答えた数日後に、たまたまその清光館に向かうことになったという。

盆踊りのことを思い出しながら共同井と踊りの場の位置を確かめて、「来てごらん、あの家がそうだよと言って、指をさしてみせようと思うと、もう清光館はそこにはなかった」。

近くの人に聞いてもなかなか要領を得なかったが、どうやら主人は海に出て暴風雨で帰らなかったらしい。残った家族は離散し、女房は久慈で働いているが子供たちは別々。家そのものも崩壊してしまったらしく、真っ黒に煤けた古材木が石垣の蔭に寄せかけてあるばかり。「何だか人のよさそうな女であった婆さま」は存命かどうかもわからない。「浦島の子の昔の心持の、いたって小さいようなものが、腹の底から込み上げて来て、一人ならば泣きたいようであった」というのが納得できる。

清光館の跡を探すのはそうむずかしいことではなかった。陸中八木の駅を目指して、あとはゆっくり小子内への道を辿る。最後は小さなガソリン・スタンドで聞いて、弁当をつかっていたそこの主に、そのすぐ先に碑があるからと教えられた。

本当に街道の隅の小さな一角である。そこに「清光館の跡」という木製の案内板と、そのずっと奥に先ほどぼくが引用した柳田の文章を刻んだ立派な石の碑がある。それを見て、ここは歌枕になったのだと思った。ぼくのように訪ねてくる者がいるのだからつまりここは一種の名所だ。ぼくに歌を詠む力があればそうしていただろうし、実際そうした人はいたかもしれない。

伝説を得て小さな地名が全国区に昇格したと考えてもいい。

もっとも、歌枕というのはわざわざ現地を踏むべきものではない。もしもそうだとしたら王朝の歌人はみなとんでもない旅をしなければならなかった。名所である土地への敬意を込めて、あるいはその土地の神への遠方からの跪拝《きはい》のようなつもりで、歌の中にその地名を引用する。

百人一首にある清原元輔の

契りきな　かたみに袖を　しぼりつつ　末の松山　波越さじとは

は『古今和歌集』の東歌

きみをおきて　あだし心を　わが持たば　末の松山　波も越えなむ

を踏まえている。こちらは東歌だからあるいは末の松山を実際に知っている者が詠んだのかもしれない（そこが海から近いようで遠く、波が越すことはまずあり得ないという背景の知識は注釈として伝えられたのだろうか。実際、今回の津波でもかろうじて波をかぶらずに済んだらしい）。しかしこの歌をきっかけに末の松山はあり得ないことの比喩として歌の世界に知られるようになった。清原元輔はそれを利用した。つまりみんなが使える文学的資産となったのだ。

世界が文学の中で完結しているという文学に徹した姿勢の先には「よしの山はいづくぞと、人たづね侍らば。たゞ花にはよし野、もみじにはたつたをよむことゝ思ひ侍りてよむばかりにて、伊勢やらん、日向やらんしらずと答ふべきなり」という室町時代の歌論書『正徹物語』の断言がある。

だからこそ西行や宗祇や芭蕉の現地踏破主義は新鮮だったのだろう。あるいは都を動かない普通の歌人たちにしてみれば、彼らのやりかたは怖ろしく野蛮で愚かな、品のないものだったかもしれない。時はもう『万葉集』の時代ではない。旅人《たびと》と名乗る詩人はいない。地方とはやむを得ない事情に押されて泣く泣く赴く先であり、自分から進んで行くところではなかった。それは『源氏物語』の「須磨」と「明石」を見ればわかる。流離する先なのだ。

歌枕だけで歌を詠んでいる者には、能因法師の「都をば霞とともに立ちしかど秋風ぞ吹く白河の関」という、時間と空間を大きく取り込んだ歌は詠めない。それでも構わないのだと正徹は言うだろうけれど。

ちなみにこの歌に沿って竹田大夫国行なる者はこの関を越える時に衣装を新しく替え、冠を正した。それを藤原清輔が書き記し、曽良はその故事を織り込んでここで「卯の花をかざしに関の晴着かな」という句を残した。実際の旅をしながらでも文学が文学を生む。

詩人は孤立していない。両の足で詩文の歴史と実際の地形を共に踏んでいる。
能因はよく旅をした。ひょっとして百人一首に採られた「嵐ふく三室の山のもみぢ葉は竜田の川の錦なりけり」を詠んだ時に彼は竜田川まで行ったのだろうか。京の都から奈良まではほんの一足、行っていけないことはないからあるいは……と夢想してみる。

柳田の清光館の話にはまだ続きがある。
あのお盆の晩、彼はみなの踊りを統《す》べる歌の文句が気になってしかたがなかった。六年後に再訪した時、砂浜に筵《むしろ》を敷いて小魚の煮干しが乾してあった。その近くに十五、六人の娘たちが寝ころんでいる。作業を終えての休憩の時間だったのだろうか。外来の客に好奇の目を向けるから、うまく話しかけて、いろいろの話題の中でまたあの歌の歌詞を尋ねた。前には手にした手帖に一字も記せなかった歌の文句が今度は聞き取れた――

なにヤとやーれ
なにヤとなされのう

他の地にも伝わる歌垣の歌、祭りの晩に男から誘われて「私の身をどうとでもしておくれ」と誘いに応じる女の側の歌。この歌詞ばかりだから小子内では女しか踊らなかったのか。実際にはこの盆踊りからそっと抜け出して秘め事に走る男女などいなかっただろう。僅か五十戸の集落の顔見知りばかりの中ではそんなことは不可能だ。歌と踊りにまつわる幻か。

柳田は歌詞を知った感慨をこう記す——

ただし大昔も筑波山のかがいを見て、旅の文人などが想像したように、この日に限って羞《はじ》や批判の煩わしい世間から、遁《のが》れて快楽すべしというだけの、浅はかな歓喜ばかりでもなかった。忘れても忘れきれない常の日のさまざまの実験、遣瀬《やるせ》ない生存の痛苦、どんなに働いてもなお迫ってくる災厄、いかに愛してもたちまち催す別離、こういう数限りもない明朝の不安があればこそ、

はアどしよぞいな

といってみても

あア何でもせい

と歌ってみても、依然として踊りの歌の調べは悲しいのであった。

柳田はやはり性的なことに対してことさら冷淡だと思うけれども、それはそれとして清光館の話は悲しくてやるせない。

そう考えながら、東北ぜんたいがこの柳田の悲しいエピソードに重ねられていいのだろうかという疑問を持った。貧しくて災厄の多い、一家離散がそのまま日常茶飯であるような東北像でいいのだろうか？

柳田の体験の真正をぼくは疑わない。彼は小子内に行き、六年後に再訪し、このような悲哀の感慨を持った。それは間違いない。しかしそれをもって東北の肖像としていいのか？

小子内を後にして車を駆りながら、ぼくは東北の側が提出した歌枕を考えていた。何もそんなに有名になったものでなくてもいい。誰もあとを追わなくてもいい。ただ、ひっそりとでも詩の中で高められた地名はないか。都に対する巻き返し、歌い返しはないか。この場合、都は近代の東京を含めてどこでもいい。

久慈の市街に目立った被害の跡はないように見えた。初めて訪れたところをそういう視点でのみ見る自分にかすかな嫌悪を覚える。被災地である土地を走りながらそれ以前の本来の東北を探している。話の始めから矛盾なのだ。それ以前が被災地であったわけではな

野田

いと言いながら、過去の津波や冷害や貧困のことにばかり連想が行く。
久慈を出て四五号線を野田まで行ったところで、この数か月よく見知っている光景に再会した。半端に片付けられた広い空き地と律儀に働く重機、それに積み上げられた瓦礫の山。同じテーマに添えられたいくつもの地名——荒浜、塩竈、宮戸島、鳴瀬川、石巻の門脇小学校、女川港、大船渡の線路際、陸前高田のキャピタルホテル前、同じく今泉地区、大槌町中心部、大槌町赤浜、山田町中心部……連禱のように続く地名の列。
またここに来てしまったと思う。
ここで自分は何の力にもなれない。ただ見て嘆息するばかりで何の役にも立たない。この場に津波が来て（「襲って」とは言うまい。津波は何の意思もなくただ「来た」のだ）、そして人間が作ったものをみんな壊した。作るとは秩序を作ることである。家で言えば、素材を持ち寄って形を整えて組み立て、一軒の家の形にする。そこに住んでさまざまな家具家財を持ち込み、それを正しく配置して日々の生活の場とする。そこに家族が住んで、歳月が過ぎ、すべてのものが居場所を定めて安定する。

そしてそれがすべて波の力で壊される。積み上げた秩序が失われる。エントロピーの増大。生命が秩序であるとしたら、それへの反原理。

瓦礫とはその具体的な姿である。そこに転がっている一本の材木は本来は家の垂木だった。そのコンクリート片は家の土台だった。持ち場を失って混じり合った、分類と配置を奪われたモノの群れ。堆積には違いないがしかし堆積と言ってしまうと一個ずつの姿は見えなくなる。瓦礫の山をじっと見て、一つ一つを判別して、元のあるべき位置を想像して、そこに投入された労力、住む者の暮らしの中での履歴が失われたことを思う。

瓦礫が片付いてゆくことに希望を見出すことはできるか。

ぼくはこの数か月いくつかの詩に頼ってこの大きな事件と向き合ってきた。その一つがポーランドの詩人ヴィスワヴァ・シンボルスカのある詩だった。ぼくたちが直面したこの状況にあまりにぴったりと合っていたから――

終わりと始まり

戦争が終わるたびに
誰かが後片付けをしなければならない
何といっても、ひとりでに物事が
それなりに片づいてくれるわけではないのだから

誰かが瓦礫を道端に
押しやらなければならない
死体をいっぱい積んだ
荷車が通れるように

誰かがはまりこんで苦労しなければ
泥と灰の中に
長椅子のスプリングに

ガラスのかけらに
血まみれのぼろ布の中に

…………………

（沼野充義訳）

被災地が片づいたことを喜びとしよう。

いずれにしてもそのままにはしておけなかった。人々は目の前になすべきことを見つけた。人は動かなければならない。坐り込んだままではどんな未来図も描けない。だから片付けた。それこそ「荷車が通れるように」なのだ。実際、震災の直後に行った被災地では、まず最初になすべきは道路を確保することだった。すべてがひとしなみに破砕物で覆われた、ここあそこの区別もない一面の混乱の中で、かつての道路の跡を見出し、そこにある堆積物を右と左に積み上げ、もとの道路の様態を取り戻す。それを頼りにその先の整理作業を進める。仮に整備されたそういう道をずいぶん走った。数週間をおいて行くたびに瓦礫は運ばれ、分類され、きちんと積み上げられて、秩序の姿になっていっていた。失われた秩序を回復する努力である。

その先には避難所があり、仮設住宅がある。その移り行きも横から見てきた。更にその先には復興された町並みがあるはずで、それをぼくは阪神淡路大震災から数年を経た神戸市長田区で見て、その印象をこう書いた――

その先に広がる市街は、不思議な印象だった。どの建物も新しい、まるで住宅展示場のような風景。ここには十年を超える歴史がない。時間を遡航《そこう》してゆくと、崩れた建物と燃えさかる炎、死者たちに行き当たって、そこで時間は停止する。キリストの死が紀元前と紀元後を分けるように、ここにも踏み越えがたい一線が引かれている。

それでも人は前へ進まなければならない。失われたものを忘れないようにしながら新しいものを受け入れ、新しい住む場所を構築しなければならない。だからぼくは野田の瓦礫の山を見ても、働く重機の姿に人間の力を見取って安心すべきだった。それはわかっているが、しかしこの土地ぜんたいの上空に漂う喪失の雰囲気はなかなか消えてくれない。

そう考えながら羅賀に向かった。

一九二五年（大正十四年）の正月、宮澤賢治は三陸への旅に出た。この旅のことが昔からどうも気になっている。
なんだか目的のわからないおかしな旅なのだ。出発の動機からして問題含み。

……………………………
みんなに義理をかいてまで
こんや旅だつこのみちも
じつはたゞしいものでなく
誰のためにもならないのだと
いままでにしろわかってゐて
それでどうにもならないのだ
……………………………
（異途への出発）

この時の彼の旅程は研究者たちによってこう推理されている――
一月の五日の夜に家を出て、東北本線で八戸まで行き、翌未明八戸線を使って種市に出た。その日のうちに四十キロほど先の普代村下安家まで行ってここの宿に泊まった。翌日の午後、下安家か堀内ないし太田名部から発動機船に乗った（もう一つ南の田野畑村の羅賀から乗ったという説もあるがここは木村東吉氏に従っておく）。この船でその夜のうちに宮古に到着。午前零時発の別の船で山田か大槌まで南下。その先はたぶん徒歩で釜石へ出て叔父岩田家に泊まる。九日に釜石線の鈴子駅から田中鉱山線で終点の大橋まで行き、仙人峠から岩手軽便鉄道に乗って花巻に帰る。

この旅を契機に彼は「三三八　異途への出発」、「三四三　暁穹への嫉妬」（並びにその文語化である「敗れし少年の歌へる」）、「三四八〔水平線と夕陽を浴びた雲〕（断片）」、「三五一　発動機船」、「三五六　旅程幻想」、「三五八　峠」という六篇の詩を書いている。この中の「三五一　発動機船」は『春と修羅　第二集』にあるのはわずか四行の断片で、『春と修羅　詩稿補遺』の方に三つのパートからなる「発動機船」がある。

暗い曖昧な出発だったが、船に乗ったとたん、詩人の心は明るくなる。少し長いけれど愉快な気分のお裾分けのためにもぜんぶ引用しよう——

発動機船　一

うつくしい素足に

長い裳裾をひるがへし
この一月のまっ最中
つめたい瑯玕の浪を踏み
冴え冴えとしてわらひながら
こもごも白い割木をしょって
発動機船の甲板につむ
頬のあかるいむすめたち
……あの恐ろしいひでりのために
みのらなかった高原は
いま一抹のけむりのやうに
この人たちのうしろにかゝる……
赤や黄いろのかつぎして
雑木の崖のふもとから
わづかな砂のなぎさをふんで
石灰岩の岩礁へ
ひとりがそれをはこんでくれば

ひとりは船にわたされた
二枚の板をあやふくふんで
この甲板に負ってくる
モートルの爆音をたてたまゝ
船はわづかにとめられて
潮にゆらゆらうごいてゐると
すこしすがめの船長は
甲板の椅子に座って
両手をちゃんと膝に置き
どこを見るともわからず
口を尖らしてゐるところは
むしろ床屋の親方などの心持
そばでは飯がぶうぶう噴いて
角刈にしたひとりのこどもの船員が
立ったまゝすりばちをもって
何かに酢味噌をまぶしてゐる

日はもう崖のいちばん上で
大きな榧《かや》の梢に沈み
波があやしい紺碧になって
岩礁ではあがるしぶきや
またきららかにむすめのわらひ
沖では冬の積雲が
だんだん白くぼやけだす

航路のどこかで船は薪を積み込んだ。「砂のなぎさをふんで」船に渡した板をあるいて運んでくるのだからちゃんとした港ではないだろう。一月の水辺の仕事で素足ではずいぶん寒いはずだが、むすめたちは底抜けに明るい。詩人はすっかり夢中で、「三四八〔水平線と夕陽を浴びた雲〕（断片）」には「さっきのいちばんきれいなむすめが投げたのだ」という一行まである。旅に出る前にあった自分の問題を放擲《ほうてき》して、旅先で見るものに心を奪われている。

本当ならばこの「頬のあかるいむすめたち」が働く地名を新しい歌枕にしたいところだが、これがどこか詩の中には書いていない。これを田野畑村に措定して村内の島越駅と田野畑駅、平井賀漁港の三箇所に詩碑が作られた。そのうち平井賀漁港のものは今回の津波で流失したがやがて無事に見つかったという。従って三つは共に健在ということになるのだが、その一方、これは野田村の下安家、普代村の堀内、太田名部、あるいはネダリ浜だという説もある

その先で陸地に戻ってからは詩人の心はまた沈んでゆく——

さびしい不漁と旱害のあとを
海に沿ふ
いくつもの峠を越えたり
萱の野原を通ったりして
ひとりここまで来たのだけれども
…………………

（三五六　旅程幻想）

不漁と旱害なんていかにも世間に流布した東北像ではないか。ちなみに宮澤賢治が生まれたのは一八九六年（明治二十九年）八月二十七日だが、その年の六月十五日、つまり彼

が生まれる二か月ほど前に三陸地方は大きな津波に襲われて死者二万二千人を出している。冷害による凶作も少なくなく、彼が九歳の一九〇五年には岩手県全体の作況指数は三三だった。それが三陸海岸では一〇を切ったという。平年の一割はいかにも辛い。

この一連の詩の中に具体的に出てくる地名は羅賀、宮古、釜石くらいだ。

四五号線を下って羅賀を目指す。

普代の観光船発着場まで行って、そのまま進めばネダリ浜なのだが、津波で道路が壊れたらしく山側へ回避を迫られる。まあ、今から行っても「頰のあかるいむすめたち」に会えるわけではないのだが。

いかにもリアス式らしい曲がりくねった崖の上の道を辿って明戸の砂浜を見下ろし、坂を下ってゆくとその先が羅賀だった。

小さな港と十階建ての大きなホテル羅賀荘がある。そして、港には船はなく、羅賀荘は相当な被害を受けて閉じていた。ロビーやレストランを擁した玄関側の翼は地面からずいぶん高いところにある窓が二階分ベニヤ板で覆われていた。今回の津波で海辺にある観光や宿泊の施設で被害を免れたところはほとんどない。それでも案内の看板やウェブサイトは残っているのがなかなか切ない。この羅賀荘のサイトも丁寧にホテルの魅力を紹介した上で、「ご予約」のページに行くと「申し訳ありませんが、予約受付を停止中です。しばらくたってからお試し下さい」とあるのみ。

もう一つ、彼の詩の中に出てくる小さな地名の魹《とど》の崎（今の表記では魹ヶ崎）は宮古よりも南の岬で、先端に灯台があるところ。だから詩人は夜中に宮古で乗り換えた船で沖から遠望しただけだ。車では行けないし、沖から見ないと意味がないような気がして今回は行かないことにした。本州最東端というのは魅力的なのだが。

ホテル羅賀荘

何のためにまた三陸に来たのか？

よそ者がただ来て走り回っても、ここでは何の役にも立たない。

サルトルが「飢えた子供の前では『嘔吐』など何ほどのこともない」とあるインタビューで言ったという話がある。『嘔吐』は彼自身の著書であり、だからこれは文学という営み全体の否定と受け取ることができる。

たしかに文学は飢えた子供に食べる物を提供できない。早い話が本は食えない。しかし文学は飢えた子供の、一個の人格としての尊厳を守ることはできる。その死に意味を与えることはできる。同じように歌枕は土地への敬意であり、それを通しての供養ということがあると思う。

日本史の中に置くと東北はどうしても分が悪いことになる。

まず古代史では征服された側である。たしかに坂上田村麻呂は蝦夷（エミシと読もうとエゾと読もうと）を打ち破り、自分たちの統治のシステムを敷いた。そうなると正史の側からは征服された人々は不可視の存在になる。田村麻呂の事績は顕彰されて伝わっても敵の側の英雄阿弖流為《アテルイ》のことはわからないし、それ以降もずっとその場所に住み続けた人々のことはもっとわからない。消えたわけではない。そこにいるのに見えない人間になってしまう。彼らは今だっているし、大和人と混じってもその血脈は残っているはずだが、誰もそれを言わない。

今は人の移動が激しいからなかなか分からなくなったが、しばらく前の東北地方を撮った写真集（例えば浦田穂一の『遠野昨日物語』）を見ていると明らかに濃い顔立ちの人がいる。北海道の先住民に似ていると言っていいかどうか、科学的な裏付けがないからなんとも言えないけれど、たしかにある種の顔があるのだ。

ぼくの友人であるさる津軽人は、自分の家のあたりには見るからにアイヌ系の人が少なくないと言う。津軽海峡は人間にとってはブラキストン線ではなかった。人は狭い海峡を行き来していたはずであり、東北ぜんたいでは南から来た人々ともともといた人々の共存と混血が進んで、それは今もすっかり均一にはなっていないはずだが、誰もそれを言わない。

なぜなら民族は自覚であるから。自分から名乗らない人の帰属を他人が言うわけにはいかない。名乗ったところで差別ばかりで何の利もなければ自らそれを言う者はいない。だから北海道のアイヌはなんとか民族の誇りの意識を高めて、名乗る者を増やそうとしているのだ。すべてが混じって同じ色に染まってしまう時代にあって、民族などという小さな誇りは何の力にもならないかもしれない。しかし、文化にとっては多様性こそ力であり、社会の変化は突出した者からこそ生まれると考えることもできる。

人はみずから名乗らないが、地名は残る。

東北の地名には大和言葉では説明がつかないものが多い。

例を挙げればきりがないが、二戸市の一部である爾薩体《にさったい》（あるいは仁左平、仁佐平とも表記する）はどうだろう。この場合は『角川日本地名大辞典3　岩手県』に「地名の由来は同名の古代蝦夷村にちなむ」とはっきり書いてあるから先住民の命名であることは公認されていると言っていい。ぼくはここにアイヌ語の「ニサッ」すなわち「明け方」、あるいは「ニサッタ」、すなわち「明日」を重ねてみたいのだが。素人談義をもう一歩進めると「ニサッチャウォッ」つまり「明けの明星」まで行けるかもしれない。

しかし北海道はともかく東北についてはそういう論議はなかなか出てこないのだ。大船渡の越喜来（読みはオキライあるいはオッキライ）の語源について先にも引いた『角川日本地名大辞典3　岩手県』はこう説明する——

地名の由来としては、越喜来はもと越鬼来と書き、坂上田村麻呂が鬼を追って当地まで来たのでそう名付け、後世、鬼を喜の字に改めたものと伝えている。当地には所どころに首崎・鬼嶺・鬼万崎・鬼沢など鬼にちなむ旧跡があり、それは蝦夷の中の赤蝦夷といわれる者が、昔この辺に来て人々を暴虐したために名付けられたものであると伝承している（気仙風土草）。

当て字の由来を語るだけで地名の語源論になっていない。それもまるっきり大和側に立った説明。この記述は相原友直という十八世紀に仙台藩の藩医を務めた人物が書いた『気仙風土草』という本に依っている。彼は今で言う郷土史家でもあって、旧跡を歩き回って

「平泉雑記」「平泉旧蹟志」「松島巡覧記」などの著書を残した名士らしい。

鬼と聞いて思い浮かべるのは子供のころクレヨンで色を塗った節分のあのお面だ。四角い顔で、髪も髯《ひげ》も縮れ、目がぐりぐり大きくて、顔面は赤い。細面《ほそおもて》で目も細く色の白いお雛様の公家面《くげづら》と鮮やかな対照を成していると子供心にも思った。征服された側はこういう扱いを受ける。

蝦夷の言葉でオッキライがどういう意味だったのか、知りたいものだ。


日本史における東北の不利はまずもって位置に由来する。

日本列島を覆ったのは偉大な中国文明の衛星としての小さな文明である。そして中国は隋から清までずっと日本列島の西にあった（おかしな言いかただと思われるかもしれないが日本を中心に考えればそういうことになる）。

そうなると進んだ文化のアイテムはみな西から渡来し、ゆっくりと東に運ばれる。九州と近畿の間は瀬戸内海という優れた交通路で結ばれていた。地理的な条件が整っていたからこそ邪馬台国について九州説と畿内説が両立しうるのだ。そのはるか北東の果てに今「東北」と呼ばれる地域があった。頼朝は鎌倉に幕府を立て、家康は江戸を開いたけれど、後の為政者はそれ以上先には行かなかった。

交通路と言えば、日本海側は北前船に見られるように役に立ったが、太平洋側とりわけ三陸のあたりは危なくて使えなかった。西風が吹いて船が沖に流されると黒潮に乗ってひたすら東に運ばれる。アメリカまで行ってしまった海難の話ならばいくらでもある。大坂を出た菱垣廻船や樽廻船は江戸止まりだったし、北海道の物産はみな日本海側から運ばれた。

更に、ジャレド・ダイアモンドの説がある。彼の『銃・病原菌・鉄』によれば、南北アメリカやアフリカを差し置いてユーラシアで文明が栄えたのは、この大陸が東西に長かったからだという。東西方向の移動は大きな気候の変化を伴わない。ある地域で蓄積された農業技術が比較的容易に移植できる。日本列島の場合も、九州から関東までは東西に伸びていて、東北に向かうところで軸がぐっと南北に近づく。その分だけ気温の変化が大きく、稲作がむずかしくなる。これも不運なことだった。

こういう尺度を以て測るならば東北は遅れた地ということになってしまう。

では、奥州平泉の藤原氏の栄華はどうか？

たしかに中尊寺は見るに値する寺だ。ぼくは金色堂にはあまり感心しないが讃衡蔵《さんこうぞう》（宝物館）に収められた仏像や仏具には魅入られた。

しかしあれはあの時期に金を産出したという僥倖を巧妙に利用した成果であって、それ以上ではない。京の職人をあまた呼び寄せ、彼らの技術をうまく導入し、何よりも財力を駆使して京にもない贅を尽くした寺を造営した。南洋材の紫檀をふんだんに使い、あの時代になんとアフリカから運ばれた象牙で象嵌を施し、琉球の夜光貝を大量に用いた螺鈿《らでん》を誇った。北は二百五十キロ先の青森まで届く奥大道を開いて交易と行政の道とした、それに沿って百メートルごとに小さな阿弥陀如来を収めた笠卒塔婆を建て、東北一帯に仏教を広めるために各地に寺を造った。

藤原氏は東北を開化したと言っていい。東北の側から言えば開化された、京の文化に近づくことができたということだ。しかし、日本の文化史において藤原氏は平泉様式というものを残すには至らなかった。京の文化を移して絢爛豪華に仕立てたけれど、それ以上ではなかった。

そして、栄華ではあったが長くは続かなかった。金の産出が途絶えた後、その繁栄は維持できなかった。現北海道からサハリンや沿海州まで延びていた交易路はその後も残って、例えば山東錦を蝦夷錦という名で輸入するに力あったが、それを動かしたのは東北の権力ではなかったし、東北に富が落ちることもなかった。

旅の話を続けよう。羅賀を離れて更に南に向かう。精一杯の津波対策をしていながらそれでも今回の津波の被害を防げなかった田老を見たかったけれど、曇天のせいもあってもう暗い。この日は通りすぎて、その先数キロの休暇村陸中宮古に投宿する。

あの日から後の三陸海岸では宿を見つけるのがとてもむずかしかった。どこもかしこも壊れてしまったのだ。だからここが営業していてくれたのはありがたかったが、客はほとんど工事関係者のようで本来の観光や休暇の人の姿はない。ビュッフェ式の夕食はまるで朝食のよう。宿の側は、これは本来の自分たちのやりかたではないと表示している。わかっている。ありがとう。

この半年、緊急の状況に応じてなんとか営業しているホテルや宿屋にいくつも泊まった。四月の八日に泊まったホテル松島大観荘はその日の午後はまだ停電で、それでも営業するというのを承知で向かった。ここは松島には珍しく山の中腹にあるから津波でも建物の被害はなかった。そのおかげであの時期あのあたりで営業できた唯一の宿泊施設ではなかったか。そこまでの途中でも交通信号が点いているかどうかで電力事情がわかった。仙台から利府街道を行って、塩竈で陸に上がった船を見て、前年の八月に観光で来た時との様変わりを嘆いたのだが、そこから先もずっと電気はなし。午後六時に宿に入った時もまだ停電で、チェックインの時に最初に手渡されたのは懐中電灯だった。ホテルの自家発電装置は最小限の能力しかないからまずは厨房に配電するという。空腹だったからどうかそうしてくださいと思っていたら、ちょうどその時、電気が来た。東北電力の現場の人たちの努力が目に見えるようだった。

陸前高田のホテル三陽は六月になってもまだ水が来ていなかった。食事は提供できないというので夜遅く弁当と缶ビールを買ってから行った。断水の原因は長い配水管が地震のために途中で壊れてしまったことで、復旧の目処も立っていないという。本当に最小限の水だけどこかから車で運んでの営業で、トイレは建物の前に並べた仮設。建築現場で使うあのタイプだ。それでもまさか野宿はできないのだから営業してくれるだけでもありがたい。この時期にボランティアで被災地に来た人たちはそれぞれになんとか寝場所を見つけて凌いでいたはずだ。言うまでもなく避難所の人たちはもっと大変。

翌朝、休暇村陸中宮古を出て（駐車場の隅に警察関係の車両が三台駐まっていた）、北へ向かって昨日見られなかった田老まで戻る。

田老は力の限りの防災を考えて高さ十メートルの防潮堤を造ったことで知られていた。それでも今回の津波を押しとどめることはできなかった。行って見てみると、打ち倒された十メートルの防潮堤の破片はもうほとんど片付けられていた。それでもその内側にあった以前からの四・五メートルの古い防潮堤はそのまま残っている。十メートルは波の勢いを自ら倒れることで食い止め、水の勢いを抑え、人々に避難の時間を与えたのだろう。

宮古

宮古の市街は復旧が進んでいるように見えたが、しかし海の近くで廃車置き場を見ている時に、これは単に壊れた車ではなく、この中で人が亡くなったものもあるのだと気づいた。たまたまその日の朝の新聞にはこの状態の車から今になって遺体が見つかったという報道があった。

宮古市から山田町に入った。ここから南はよく知っている道だ。

ところが前に行ったことがある豊間根《とよまね》の避難所にもう一度行ってみようとしたのだがどうしても見つけられない。避難所として使われる前の施設名がはっきりしないのがいけない。同じところをぐるぐる回るばかりで、まるで狐にからかわれているよう。カーナビがあって助手席に詳細な地図を広げていてもそういうことが起こる。嬉しいことに今も狐はいるのだ。

諦めて山田町船越半島の田の浜を目指す。

これもまた文学作品の中の地名、新しい歌枕を訪ねる試みである。

東北を考える時に『遠野物語』はどうしても外せない。収められた小さな物語の大半は遠野とその周辺を舞台としているけれど、その中に一つだけ三陸の海辺の話がある。津波にも関わる哀切な事件の報告。長いものではないからそのまま引用しよう——

遠野物語　九九

土淵村の助役北川清と云ふ人の家は字火石《ひいし》に在り。代々の山臥《やまぶし》にて祖父は正福院と云ひ、学者にて著作多く、村の為に尽したる人なり。清の弟に福二と云ふ人は海岸の田の浜へ婿に行きたるが、先年の大海嘯《おほつなみ》に遭ひて妻と子とを失ひ、生き残りたる二人の子と共に元の屋敷の地に小屋を掛けて一年ばかりありき。夏の初めの月夜に便所に起き出でしが、遠く離れたる所に在りて行く道も浪の打つ渚なり。霧の布《し》きたる夜なりしが、その霧の中より男女二人の者の近よるを見れば、女は正しく亡くなりし我妻なり。思はず其跡をつけて、遥々と船越村の方へ行く崎の洞ある所まで追ひ行き、名を呼びたるに、振返りてにこと笑ひたり。男はと見れば此も同じ里の者にて海嘯の難に死せし者なり。

自分が婿に入りし以前に互に深く心を通はせたりと聞きし男なり。今は此人と夫婦になりてありと云ふに、子供は可愛くは無いのかと云へば、女は少しく顔の色を変へて泣きたり。死したる人と物言ふとは思はれずして、悲しく情なくなりたれば足元を見て在りし間に、男女は再び足早にそこを立ち退きて、小浦《をうら》へ行く道の山陰を廻《めぐ》り見えずなりたり。追ひかけて見たりしがふと死したる者なりしと心付き、夜明まで道中《みちなか》に立ちて考へ、朝になりて帰りたり。其後久しく煩ひたりと云へり。

先年の大海嘯とは一八九六年（明治二十九年）の明治三陸地震による津波である。この時は死者およそ二万二千人、この田の浜がある船越半島では一〇・五メートルを記録している。佐々木喜善が柳田国男に会って後に『遠野物語』となる話の数々を語り始めたのが一九〇八年（明治四十一年）だから、津波から十二年ほど後のことになる。

これはこのまま短篇になりそうな話だと初めて読んだ時に思った。

妻の幽霊に会うだけならばどこにでもある話かもしれない。それが津波で亡くなったとしても、たくさんの命が失われたのだからそういうこともあるだろうと納得して終わるだろうが、これは現世と幽界を行き来する三角関係になっている。しかも恋敵は自分と一緒になる前の妻の恋人で、相思相愛なのに何かの事情があって添えなかった相手。夫になった語り手は入り婿だから、恋人の方は長男で家を継がなければならなかったのか。

もっと深く読むこともできる。津波で亡くなったのは妻と子であって、残った子供が二人。その残った子供のことを聞かれて妻は泣くけれど、一緒に死んだ子はどこにいるのだろう。

「悲しく情なくなりたれば足元を見て在りし間に」なんて本当に胸に迫るし、すべて含めてこの哀切の雰囲気は『遠野物語』の中でも格別だと思った。

その田の浜もまた今回の津波で大きな被害を受けていた。海岸から緩やかな傾斜を数百メートル上まで水が蹂躙していた。何もなくなってしまったがらんとした光景の中を山の方へ向かう。道は緩い坂になっていて、上の方だけ十二個の長方形の街区になっているのは最近になって開発されたのだろうか。それより下は大きな区画に路地が走る昔ながらの家並みであったらしい。そしてその部分には家は残っていない。海岸から約四百メートルのところまでが平坦になってしまった。海岸には一個が二階建ての家ほどもある巨大なブロックを並べた防潮堤があったのに、そのブロックはずらりと並んで打ち倒されていた。

山の麓に瑞然寺というお寺があった。日蓮宗開運山瑞然寺は三陸三十三観音の三十一番札所である。明るく晴れた日だったし、このあたりはまったく被害の跡もないので、山門を見ていればあの日のことは忘れられるかもしれない。しかしもとの海岸沿いの道に戻ろ

田の浜

うと少し進めばそこはまた空っぽの空間である。

妻の幽霊に会った男は子供二人を抱えてどう暮らしたのだろう。一年は独り身のまま子供たちと小屋掛けで暮らした。亡妻に会って煩ったというけれど、やがては元気になったのだろう。あるいはこの後で同じような境遇の女と再婚して子育てを頼んだかもしれない。そちらにも子供がいたかもしれない。新しい家族が生まれる。どこかでそうあってほしいとつい願う。

冥界の妻とその恋人、それに一緒に亡くなった子供はどうしたのだろう。ずっと一緒だったとして、それを添い遂げると言うことができるかどうか。

そして、今回は同じように配偶者の幽霊に出会った人はいないのだろうか。もう伝説の生まれる余地もない時代なのか。

船越半島からまた四五号線に戻って、大槌町に入った。

まず吉里吉里の吉祥寺に行く。

井上ひさしの『吉里吉里人』で広く知られる地名だが、小説の中の吉里吉里は東北でも内陸部に設定されている。本当の吉里吉里は東北本線ではなく山田線沿いの大槌町にあって、吉里吉里という駅もある。

吉祥寺は震災のあの日からちょうど三か月目の六月十一日に黙禱をしたところだった。今行って何があるわけでもない。平和な光景で、ちょうど出かけるところだった和尚に寺に用かと問われて、とりわけ何の用事でもありませんと答えた。

自分は何をしにここに来たのだろう？

何をしようと東北を走っているのだろう？

レンタカーを一人で運転して走るだけの安直な旅だが、それでもこれは土地の神を訪ねての魂鎮めの小さな儀式かもしれないという考えがふと湧いた。あるいはローマ神話におけるゲニウス・ロキ（土地の精霊）を訪《おとな》う小さな巡礼。自分にその資格があるかどうかを問わず、とりあえず行く。

ずっと地名を気にしているのは、歌枕と言えばわかるとおり、地名には土地の霊が宿っているると思うからだ。人名は人間の願望が入りすぎていて美しくないが、本来地名というものは半分までは自然に由来するものだから美しい。それを唱えるだけで神々は喜ばれるだろう。三陸の空にぎっしりと居並ぶ死者たちの魂が慰められるわけではないが、それでも行けば彼らと向き合うことになる。自分たちはあなたを忘れていないと伝えることになる。生前は会ったこともないあなたを忘れないということができるならば。

仮にできると考えることにしよう。

三か月前に大槌に来た時は、小鎚で開かれた「三陸海の盆」追悼郷土芸能大会を見た。読経をした僧侶がとても小柄でほっそりしていたのを思い出す。まあ僧の場合、大柄ででっぷりしている方が頼れるというものでもないだろうが。

その日はあまりの暑さに途中で退去したのだが、見なかったものも含めて当日の演目を紹介してみようか。廃墟の中でも芸能は人を元気にするという好例のような気がするから

——

法要、本郷桜舞太鼓（釜石）、釜石虎舞、水戸辺鹿子踊、崎浜大漁唄い込み、河内家菊水丸、黙禱、平倉神楽、臼沢鹿子踊、石川さゆり、八木節、黒森神楽、城山虎舞、北上鬼剣舞、馬場葉子ピアノライブ、などなど。

大会は夜まで続き、最後は精霊流しだったらしい。

その大槌の市街は十一月になってもまだがらんと何もないまま、ただ荒れたままで、その代わり遠方に見える山が美しく黄葉していた。そういう季節になったのだ。


この晩の宿は遠野だった。国道四五号線を離れて釜石から四十キロ近く内陸に入らなければならない。仙人峠を越えるルートでざっと一時間。しかし震災の後、海岸沿いの地域は営業している宿がとても少なくて、行政関係者やジャーナリストやボランティアの人たちでどこも一杯。遠野の宿にしても十本くらい電話をしてやっと見つけたのだ。

それに一つ見たいものが遠野にあったので無駄な回り道とは思わなかった。供養絵額だ。これは遠野地方で江戸末期から明治期にかけて盛んだった風習で、身内の者が亡くなると家族はその生前の姿を画家に頼んで板絵に描いてもらい寺に奉納する。一種の絵馬と思えばいい。ただの肖像ではなく周囲に家族がいたり家具や器物を置いて暮らしているさまに描くから親しさが伝わる。それを多く蔵して見ることができる寺の一つが善明寺。たまたま泊まることになっていた民宿のすぐ隣だった。

住職にお願いして本堂に入れてもらう。

長押《なげし》の上に二十点近い数の絵額がある。いかにも裕福な商家の一家という絵柄が多く、

善明寺の供養絵額

家族それぞれにお膳を前にして食事をしている場面がいくつもある。裃の正装というのは正月か何かに見立てたのだろうか。画面の隅に暖簾が懸かっていて、裏返しに見える「赤羽根や」などというその文字は屋号なのだろう。供養絵額は芝居錦絵の一種である死絵《しにえ》に起源があるのだと言われる。人気のある役者が亡くなると生前の舞台姿を錦絵にして売る。一時はずいぶん流行して一人の役者の逝去に二百種類もの絵が売られたという。

善明寺の絵額の中に一つ、男が一人で料理と酒を前にして、庭先にいる犬にそれを勧めている絵があった。他には誰もいない。画師は多くの供養絵額を描いた外川仕候らしい。

犬は一方の前足を上げて、杯を受け取りかねない風情だが、これは本当に犬だろうか。ひょっとして狐ではないか。色が黒っぽいから犬に見えるがどっちだろう。
周囲に書かれた文字は「嘉永四亥歳　観冷浄光清居士　九月十三日　松崎村　勘之承三十四才」とあって、その他に「善根也」とある。犬に酒肴を勧めたのが善根なのか。松崎村は遠野の中心部からは真北に当たるが、そこに住んだ勘之承さんには生前どういうエピソードがあったのだろう？　いわば彼の人生を象徴する場面であるわけだし。
狐ではないかと思ったのには理由がある。『遠野物語』に狐の話がいくつもあるからだ。狐は人を騙すし、騙されるのはたいてい男。
例えばこういう話がある——

遠野の大慈寺の縁の下には狐が巣をくつて居た。綾織村の敬右衛門といふ人が、或時酒肴を台の上に載せてそこを通つたところが、ちやうど狐どもが嫁取りをして居た。あまりの面白さに立って見て居たが、やがて式も終つたので、さあ行かうとして見たら、もう台の肴は無くなつて居たさうな。

『遠野物語拾遺一九六話』

絵額はこの場面に似てはいないか？　勘之承さんは犬に化けた狐に酒と料理を供してい

る、そう考えるともうこの自前の話を信じたくてしかたがなくなるが、あまりに強引な牽《けん》強付会《きょうふかい》の解釈だろうか？　この場合も綾織村の敬右衛門という固有名詞が効いている。綾織村は遠野の中心部からは西北西に当たる。

まだ地名のことを考えている。

遠野はかつては湖だったという説がある。

柳田国男が敬意を持って接した人類学者・民俗学者に伊能嘉矩《かのり》がいる。遠野の出身で、台湾の先住民族の研究がいちばん大きな業績。『遠野物語』の成立にも大きな影響を与えているのだが、この人に『遠野方言誌』という著書があって、巻末に「閉伊地名考」というこの地方の地名の語源を考察した一文がある。百四十九の地名が対象になっているのだが、その中に「遠野」の語源はアイヌ語で、「とお」To は湖、「の」は Nup であって丘原の意と言う。「蓋《けだ》し遠野盆地の自然の地勢上往古東夷の占拠時代に一大湖水を形づくりしは事実なるべし。釧路国釧路郡釧路町に属する天寧《てんねい》の北約二里の山駅にて釧路川左方に遠《とほ》野《の》の地名あり」と例を引いて説いている。北海道の方は「北海道釧路郡釧路町字遠野《とおや》」として今も現存している。

たしかに「とお」は温根沼《おんねとう》や尾岱沼《おだいとう》と同じくアイヌ語の沼ないし湖の意味だ。そして遠野盆地に湖があったというのも正しいらしい。しかしそれを立証する遠野高等学校の生徒たちの研究をまとめた盛岡第一高等学校杉山了三教諭による論文『遠野盆地の研究を指導して』によると、ここが湖だったのは「往古東夷の占拠時代」ではなく、「リス―ウルム間氷期からウルム氷期」にかけてのことであるという。ウルム氷期は七万年前に始まり、二万年前に最寒冷期を迎え、一万年前に終了した。その時代の記憶が後世に伝えられたと考えるのはむずかしい。

同論文は「おそらく、人々が盆地周辺で生活してきた長い歴史の中で、河川と多く係わってその鋭い自然観察力から生まれたと思う。時に河川は洪水被害をもたらし、人々は幾度となく湖と化した盆地を目にしたであろう。盆地は湖になりやすいところという考えが、遠野はかつて一円の湖だったという思考に発展していったと思われる」と結論づける。これならば納得できる話だ。

この数か月の間に遠野には何度も行って気づいたのだが、この町はずいぶん元気だ。東北新幹線に沿った町がどこもひっそりとシャッターを下ろした店が目立つのに比して、昔の町並みの再現などにもずいぶん力が入っている。花巻の観光が宮澤賢治に負うところが多いように、ここでは『遠野物語』が威力を発揮している。

遠野の元気は観光だけではない。今回の津波で岩手県の沿岸部は大きな被害を受けたが、内陸部にあった遠野はその地域への援助活動の司令部になった。ここの総合福祉センター内に置かれた社会福祉協議会（通称「シャキョー」）が物資や人材を采配し、ボランティアで集まった人々を各地に振り分けるのに力を発揮した。

翌朝、また三陸海岸に戻って四五号線を走る。

この日は大船渡で三人の友人に会った。みんな被災者だが、元気に本業に勤しんでいた。そのうちの一人、理髪師のK君に髪を切ってもらう。

彼のところは十二月に仮設店舗での営業が決まり、土地を買って家を建てる目処もついたという。父親は行方不明だけれど、その先の運不運については被災者にもいろいろあって、自分は運のいい方だと謙虚に話す。

聞いてみると彼の家系は曽祖父の代に越喜来から北海道に渡って鰊場のやん衆として働き、その子の代で床屋になって樺太に移り、父が終戦で越喜来に戻って床屋を開いたという。北の流浪の人々の歴史、詳しく辿ってみるとおもしろいだろう。

午後、陸前高田に移動して、仮設の気仙大橋を渡る。震災から四か月を経てこの橋が架かり、八月に初めて渡った時はなかなかの感慨だった。津波でこの橋ももう一つ上流の姉歯橋も破壊され、ずっと北の矢作《やはぎ》の方まで行かないと対岸に渡れなかったのだ。道がわからないまま深夜に陸前高田市気仙町に戻ってホテルに入るまで、気仙沼の市街を抜けるとんでもない遠回りをしたこともあった。

今泉の金剛寺に行って友人の亡くなった母堂に手を合わせる。このあたりはすっかり瓦礫置き場になっていて粉塵がすごい。

そのまま四五号線を南下。県境を越えて気仙沼に入るとこの国道はとたんに人家が密集して雑然としてくる。海岸に沿ったところは被災の跡が著しく、工事が続いている。ところどころ仮設の道路。

夕方、歌津の宿に到着。この宿は高いところにあるので津波の被害は受けなかったらしい。夕日が綺麗で、満月も綺麗な夜になった。

翌朝、チェックアウトの時に宿の（釧路出身の）おかみの体験談を聞いた――

三月十一日は買い物で気仙沼にいた。地震になって、揺れは怖かったが収まったのでジヤスコに駐めた自分の車で帰ろうとしたところへ家（つまりこの宿）からケータイに電話があった。津波だから高いところへ逃げろという。どこが高いところかわからずにうろうろしている時、二人の女子高生に会った。逃げる途中というから一緒に行っていいかと聞いてついて行った。十分後、ようやく高台に登って振り返ったところ、さっき二人に会ったところが津波の中に消えた、と言う。

また四五号線に戻って南に向かうが、途中も破壊の跡が著しい。陸前戸倉から国道三九八号線に入る。神割崎は道路が海岸沿いなのでぼろぼろで、補修工事が進んでいた。給油で寄ったガソリン・スタンドは本当に何もないところにぽつんと建った仮の建物で、まだ水が来ていないという。

目指していたのは石巻市立大川小学校。全児童百八人のうち、六十九人が亡くなり三人が行方不明という辛いところだ。

学校と向かいの診療所は建物が残っているが、他は見事に何もない。土色の荒野のようで、覆土された瓦礫の山があるばかり。まだ重機が動いている。

小学校はコンクリートのしっかりした建物で、外から見れば損傷は目立たない。あんなことがなければここは子供たちの声に満ちていたはずなのに。

学校名を刻んだ大きな石の板の前が祭壇のようになっていて、鉢植えの花がたくさん供えてある。こんな早い時間なのに一人の女性が来てきれいに整えはじめた。それをぼくは近くに寄って声を掛けることもできずに遠くから見ていた。

この先で女川と石巻の中心部を回るつもりだったが、ここで挫けた。この八か月の間、あまりに多くの瓦礫を見て、そこで亡くなった人々を幻視して、心が一杯になってしまった。四月に見た女川と石巻市街のすさまじい光景が蘇ってどうしても進めなくなった。もちろん今は整理が進んであの時よりずっと穏やかな姿になっているのだろうけれど、それを思っても力が出ない。

外から理屈はつけられる。復旧とか復興とか言葉はいくらでもあるし、未来に向けた議論は進んでいるし、瓦礫の整理も続けられている。避難所は閉鎖され人々は仮設住宅や借り上げのアパートなどに入った。これは一つの成果だ。大丈夫、みんな元気。

しかしすべての中心にある空白はどうしようもない。

普通ならば、誰かが亡くなったとしてもその死は家族や友人知人で支えることができる。死を担うだけの人数がある。しかし今の東北では死者があまりに多くて生き残った者だけではその重さを担いきれない。多勢に無勢なのだ。それでもこの重さに耐えてなんとか明日を迎えなければならない。石巻市立大川小学校はまったくの部外者であるぼくにとってさえあまりに重かった。

これは東北の問題ではないのかもしれない。あんな規模の災害に遭えばどこでも起こる普遍的な事象なのかもしれない。震災を機に東北を論じるのは論理的な整合性を欠くと言ってみようか。震災はたまたま東北に於いて起きただけであって、それで東北の歴史などを云々するのは底の浅い被害者論でしかない、と考えることもできる。

それでも、災害を日本ぜんたいで担うためには東北に目を向けなければならない。この兄弟の生い立ちをもう一度辿り直さなければならない。

あの日以来、なんとかこの大きな事象のぜんたいをつかもうとしてきた。一つの言葉、一つの理論ですべてが解ける、そういう鍵を探してきた。世の識者たちはそういう言葉や理論を盛った本を次々に刊行している。しかし、それを持って現地に行ってみるとなかなか魔法は効かないのだ。まして自分の中からは鍵となる言葉は出てこない。

だから海岸に立って、瓦礫の中に立って、ただあの日の戦慄をこの身の内に感じ取ろうとする。それだけを愚直に繰り返した。自分の立っている地面が今にも崩れ、今にも波に呑まれるという自覚と共に、それを一足先に体験した人たちと共に、生きる。それでもなお自分がここに生きていることの意味を疑わず、祖先が代々ずっと重ねてきた営みの成果を疑わず、今日を過ごして明日を待つ。次の世代に何かを渡す。

津波があろうがあるまいが、人間はそうやって生きてゆくしかないではないか。大川小学校の跡に立ってさえ、それくらいはまあなんとか信じられる。

文庫版のためのあとがき

文庫本はたいてい単行本として刊行されたものが元になっている。著者が「あとがき」を添えることがないではないが、何年も前に書いたもののことだから、さらりと軽い内容になるのが普通。

しかしこの本の場合、そういうわけにはいかないのだ。東日本大震災からもうすぐ五年、『春を恨んだりはしない』の刊行から四年と三か月の今日この日、振り返ってあの頃は、とあっさり言うことができない。

あの時点で考えたことがすべて無に帰したから、あるいは裏切られたからである。この五年の間に事態は想像もしないほど悪い方に動いた。

安倍政権という怪物が君臨して知識人がこれほど軽んじられる時代が来ると誰に予測できただろう。原発の再稼働が進められ、その輸出の動きさえあり、放射能ダダ洩れの福島の現実が「アンダーコントロール」とぬけぬけと言い抜けられる。秘密保護法が成立し、憲法はバイパスされ、三権分立のはずが行政権ばかりが突出し、辺野古の工事は強引に暴力的に推し進められる。被災地の復興は土木ばかりが目立って被災者の支援は手薄く、今も仮設住宅を出られない人がたくさんいる（被災三県で仮設住宅に住む人は二〇一五年一月末現在、八万千七百三十人）。

この本を書いた時、ぼくにはこの未来がまったく見えていなかった。目前の悲惨に目を奪われる一方で、先の方に希望を幻視していた。今はただ自分の不明を恥じるしかない。

悪い予想が当たったこともある。イラク戦争の開戦前夜、ぼくはイラクに大量破壊兵器はないだろうし、イラク国民はアメリカ軍を歓迎しないだろうし、イラクの社会は壊れてしまうだろうと言った。不幸なことにそれがぜんぶ当たり、ついには戦争で生じた力の空白地帯にISことイスラム国が出現した。その結果が先日のパリの大規模なテロである。

あるいは、この本にも書いたことだが、一九九六年に出した『楽しい終末』という本の中で核エネルギーは人間の手には負えないし原発はいずれどこかで事故を起こすだろうと書いた。それでもまさか福島のような身近なところであんな大規模な壊滅が起こるとは思っていなかった。

いっそ、起こりうる悪いことはすべていつかは起こる、それもごく近い将来に起こると予言してしまおうか。これは「マーフィーの法則」そのままだ。「トーストを床に落とした時にバターを塗った面が下になる確率は絨毯の値段に比例する」、つまりことはすべて悪い方に展開する。いくつかの選択肢がある時、人は必ず最悪の道を選ぶ。歴史を振り返れればいつもそういうことになっている。あるいはそのように思われる。

　五年後の今になって考えてみれば、我々はみな「災害ユートピア」の中にいたのかもしれない。あまりの惨事を前にして人は互いに手を貸さざるを得なかった。強欲とエゴイズムは影を潜めたかのように見えた。この精神でやっていけばもっとよい社会が生まれるかもしれないと考えた。

　あの事故の後で原子力発電に未来があるとは思えなかった。東電をはじめとする電力会社の倫理的責任は明らかだったし、現に世界にはドイツやイタリアのように原発と縁を切ると速やかに宣言した国もあった。その他すべての面で、利権に絡め取られた官僚や大資本に抗して市民の力が発揮される場面が近い将来にあるかのように思われた。

　我々はナイーブだったのだろうか。

　資本と権力の論理が届かないところで未来の夢を見ていただけだったのか。エネルギーについて言えば日本は最悪の道を選択した。電力会社の利が最も尊重され、再生エネルギーの普及は抑圧された。発電と送電の分離さえまるで進んでいない。その利を吸い上げる自民党は小選挙区制のマジックによってわずか二十四パーセントの得票率で独裁を敷いている。憲法とは国家の横暴から国民を守るためのもの、という近代政治学の基礎さえ知らない面々が議席に坐っている。

だから、五年後の「あとがき」はどうしても苦いものになる。あの災害を機に社会を変える試みにおいて、市民の民主主義と資本の独裁主義が戦った。そして今の段階では我々は負けていると言わざるを得ない。

以上は政治のこと。それとは別にたくさんの死者たちを心の中のどこに安置するかという問題がある。

ぼくはむしろもっぱらそちらのことを考えながらこの五年間を過ごした。不慮の死、つまり準備のない死を当人や周囲の家族や友人はどうやったら受け入れることができるか。『双頭の船』という長篇の主題はそれであったし、『砂浜に坐り込んだ船』という短篇集にもその色は濃い。どちらにも船に関わるタイトルがついている背景に津波のイメージがあると遅ればせに自分で気付いた。沖に浮かぶ船に乗っていれば津波はやりすごせたわけだ、と意味もないことを考えたりして。

この文庫に添えた「東北再訪」というエッセーは震災から八か月後、あるいは『春を恨んだりはしない』の刊行から二か月後に、青森県の三沢空港から福島県のいわき市まで、もっぱら国道四五号線に沿って三陸地方を縦断した記録である。ここでも思いは政治ではなく死者たちの方を向いていた。

こんなに災害の多い国土で人間はどうやって暮らしてきたのか、それはこの列島に住む人々の精神にどういう影響を与えたのか、この疑問に促されてぼくは今『日本文学全集』を編んでいる。無常という思想に頼り、色恋を好み、武勲を誇るよりは敗者に同情する方を選ぶ、そういう先祖たちと文学を通じて会話をしている。これもまた震災がなければ選ぶはずもなかった道だ。

我々はやはりあの日に何かを学んだのだろう。

二〇一五年十二月十一日　東京

『春を恨んだりはしない――震災をめぐって考えたこと』
二〇一一年九月一一日　中央公論新社刊
文庫化にあたり新たに収録した「東北再訪」は「考える人」二〇一二年春号（新潮社刊）に「東北の土地の精霊」として掲載されました。

中公文庫

春《はる》を恨《うら》んだりはしない
——震災《しんさい》をめぐって考《かんが》えたこと

2016年 1月25日　初版発行

著　者　池《いけ》澤《ざわ》 夏《なつ》樹《き》

写　真　鷲《わし》尾《お》 和《かず》彦《ひこ》

発行者　大橋 善光

発行所　中央公論新社
〒100-8152　東京都千代田区大手町1-7-1
電話　販売 03-5299-1730　編集 03-5299-1890
URL http://www.chuko.co.jp/

ＤＴＰ　嵐下英治
印　刷　三晃印刷
製　本　小泉製本

Published by CHUOKORON-SHINSHA, INC.
Printed in Japan　ISBN978-4-12-206216-0 C1195

定価はカバーに表示してあります。落丁本・乱丁本はお手数ですが小社販売部宛お送り下さい。送料小社負担にてお取り替えいたします。

各書目の下段の数字はISBNコードです。978－4－12が省略してあります。

中公文庫既刊より

い-3-9
楽しい終末 池澤夏樹
核兵器と原子力発電、フロン、エイズ、沙漠化、人口爆発、南北問題……人類の失策の行く末は。多分に予見的な思索エッセイ復刊。〈解説〉重松 清
205675-6

い-3-2
夏の朝の成層圏 池澤夏樹
漂着した南の島での生活。自然と一体化する至福の感情——青年の脱文明、孤絶の生活への無意識の願望を描き上げた長篇デビュー作。〈解説〉鈴村和成
201712-2

い-3-3
スティル・ライフ 池澤夏樹
ある日ぼくの前に佐々井が現われ、ぼくの世界を見る視線は変った。しなやかな感性と端正な成熟が生みだす青春小説。芥川賞受賞作。〈解説〉須賀敦子
201859-4

い-3-4
真昼のプリニウス 池澤夏樹
世界の存在を見極めるために、火口に佇む女性火山学者。誠実に世界と向きあう人間の意識の変容を追って、小説の可能性を探る名作。〈解説〉日野啓三
202036-8

い-3-6
すばらしい新世界 池澤夏樹
ヒマラヤの奥地へ技術協力に赴いた主人公は、人々の暮らしに触れ、現地に深く惹かれてゆく。人と環境の関わりを描き、新しい世界への光を予感させる長篇。
204270-4

い-3-8
光の指で触れよ 池澤夏樹
土の匂いに導かれて、離ればなれの家族が行きつく場所は——。あの幸福な一家に何が起きたのか。『すばらしい新世界』から数年後の物語。〈解説〉角田光代
205426-4

い-3-5
ジョン・レノン ラスト・インタビュー 池澤夏樹訳
死の二日前、ジョンがヨーコと語り尽くした魂のメッセージ。二人の出会い、ビートルズのこと、至福に満ちた私的生活、再開した音楽活動のことなど。
203809-7

タ-8-1
虫とけものと家族たち
ジェラルド・ダレル
池澤夏樹 訳
ギリシアのコルフ島に移住してきた変わり者のダレル一家がまきおこす珍事件の数々。溢れるユーモアと豊かな自然、虫や動物への愛情に彩られた楽園の物語。
205970-2

よ-45-3
記者は何を見たのか　3・11東日本大震災
読売新聞社
号泣した記者がいた。歯を食いしばってシャッターを切ったカメラマンがいた。77人が極限の現場から伝える取材記録。彼らはその時、何を感じ何を考えたのか。
205908-5

て-8-1
地震雑感／津浪と人間　寺田寅彦随筆選集
寺田寅彦
千葉俊二
細川光洋 編
寺田寅彦の地震と津浪に関連する文章を集めた。地震国難の地にあって真の国防を訴える警告の書。小宮豊隆宛震災絵はがき十葉の図版入。〈解説・註解〉千葉俊二・細川光洋
205511-7

せ-1-18
日本を、信じる
瀬戸内寂聴
ドナルド・キーン
ともに九十歳を迎える二人が、東日本大震災で感じた日本人の底力、残された者たちの生きる意味、さらには自らの「老い」や「死」について、縦横に語り合う。
206086-9

せ-1-17
寂聴の美しいお経
瀬戸内寂聴
疲れたとき、孤独で泣きたいとき、幸福に心弾むとき……どんなときも心にしみいる、美しい言葉の数々。声に出して口ずさみ、心おだやかになりますように。
205414-1

キ-3-1
日本との出会い
ドナルド・キーン
篠田一士 訳
ラフカディオ・ハーン以来最大の日本文学者といわれる著者が、日本文壇の巨匠たちとの心温まる交遊を通じて描く稀有の自叙伝。〈解説〉吉田健一
200224-1

キ-3-10
日本人の美意識
ドナルド・キーン
金関寿夫 訳
芭蕉の句「枯枝に烏」の烏は単数か複数か、その曖昧性に潜む日本の美学。ユニークな一休の肖像画、日清戦争の文化的影響など、独創的な日本論。
203400-6

キ-3-11
日本語の美
ドナルド・キーン
愛してやまない〝第二の祖国〟日本。その特質を内と外から独自の視点で捉え、卓抜な日本語とユーモアで綴る味わい深い日本文化論。〈解説〉大岡 信
203572-0

各書目の下段の数字はＩＳＢＮコードです。978－4－12が省略してあります。

キ-3-13
私の大事な場所
ドナルド・キーン

はじめて日本を訪れたときから六〇年。ヨーロッパに憧れていたニューヨークの少年にとって、いつしか日本は第二の故郷となった。自伝的エッセイ集。

205353-3

し-6-46
日本人と日本文化〈対談〉
司馬遼太郎
ドナルド・キーン

日本文化の誕生から日本人のモラルや美意識にいたる〈双方の体温で感じとった日本文化〉を縦横に語りあいながら、世界的視野で日本人の姿を見定める。

202664-3

し-6-42
世界のなかの日本 十六世紀まで遡って見る
司馬遼太郎
ドナルド・キーン

近松や勝海舟、夏目漱石たち江戸・明治人のことばと文学、モラルと思想、世界との関りから日本人の特質を説き、世界の一員としての日本を考えてゆく。

202510-3

の-3-13
戦争童話集
野坂　昭如

戦後を放浪しつづける著者が、戦争の悲惨な極限に生まれえた非現実の愛とその終わりを「八月十五日」に集約して描く、万人のための、鎮魂の童話集。

204165-3

の-3-14
妄想老人日記
野坂　昭如

どこまでが本当で、どこからが偽りなのか……妄想の場合、虚実の別はない、みな事実なのだ。九八年から九九年の日記という形をとった、究極の「私小説」。

205298-7

の-13-1
リハビリ・ダンディ 野坂昭如と私 介護の二千日
野坂　暘子

七十二歳の夫が脳梗塞に倒れ夫婦の第二幕が上がった。半身マヒ、骨折、肺炎……困難にめげず声をかける。「あなた、私についてきて！　二人でカッコいいステージを演じよう」。

205602-2

ほ-16-1
回送電車
堀江　敏幸

評論とエッセイ、小説。その「はざま」にある何かを求め、文学の諸領域を軽やかに横断する——著者の本領が発揮された、軽やかでゆるやかな散文集。

204989-5

ほ-16-2
一階でも二階でもない夜 回送電車Ⅱ
堀江　敏幸

須賀敦子ら7人のポルトレ、10年ぶりのフランス長期滞在で感じたこと、なにげない日常のなかに見出した秘蹟の数々……54篇の散文に独自の世界が立ち上がる。〈解説〉竹西寛子

205243-7

ほ-16-3
ゼラニウム
堀江敏幸
彼女と私の間を、親しみと哀しみを湛えて、清らかな水が流れていく――。異国に暮らした男と個性的で印象深い女たちの物語。ほのかな官能とユーモアを湛えた珠玉の短篇集。
205365-6

ほ-16-5
アイロンと朝の詩人 回送電車Ⅲ
堀江敏幸
一本のスラックスが、やわらかい平均台になって彼女を呼んでいた――。ぐいぐいと、そしてゆっくりと、読み手を誘う四十九篇。好評「回送電車」シリーズ第三弾。
205708-1

ほ-16-6
正弦曲線
堀江敏幸
サイン、コサイン、タンジェント。この秘密の呪文で始動する、規則正しい波形のように――暮らしはめぐる。思いもめぐる。第61回読売文学賞受賞作。
205865-1

ほ-16-7
象が踏んでも 回送電車Ⅳ
堀江敏幸
一日一日を「緊張感のあるぼんやり」のなかで過ごしたい――異質な他者や、曖昧な時間が行きかう時空を泳ぐ、初の長篇詩と散文集。シリーズ第四弾。
206025-8

ま-17-9
文章読本
丸谷才一
当代の最適任者が多彩な名文を実例に引きながら文章の本質を明かし、作文のコツを具体的に説く。最も正統的で実際的な文章読本。〈解説〉大野晋
202466-3

ま-17-13
食通知つたかぶり
丸谷才一
美味を訪ねて東奔西走、和漢洋の食を通して博識が舌上に転がすは香気充庖の文明批評。序文に夷齋學人・石川淳、巻末に著者がかつての健啖ぶりを回想。
205284-0

ま-17-14
文学ときどき酒 丸谷才一対談集
丸谷才一
吉田健一、石川淳、里見弴、円地文子、大岡信ら一流の作家・評論家たちと丸谷才一が杯を片手に語り合う。最上の話し言葉に酔う文学の宴。〈解説〉菅野昭正
205500-1

シ-1-2
ボートの三人男
J・K・ジェローム
丸谷才一訳
テムズ河をボートで漕ぎだした三人の紳士と犬の愉快で滑稽、皮肉で珍妙な物語。イギリス独特の深い味わいの傑作ユーモア小説。〈解説〉井上ひさし
205301-4

各書目の下段の数字はＩＳＢＮコードです。978－4－12が省略してあります。

ホ-3-2
ポー名作集
E・A・ポー
丸谷才一 訳
理性と夢幻、不安と狂気が綾なす美の世界——短篇の名手ポーの代表的傑作「モルグ街の殺人」「黄金虫」「黒猫」「アシャー館の崩壊」全八篇を格調高い丸谷訳でおさめる。
205347-2

ま-17-11
二十世紀を読む
丸谷才一
山崎正和
昭和史と日蓮主義から『ライフ』の女性写真家まで、皇女から匪賊まで、人類史上全く例外的な百年を、大知識人二人が語り合う。〈解説〉鹿島　茂
203552-2

ま-17-12
日本史を読む
丸谷才一
山崎正和
37冊の本を起点に、古代から近代までの流れを語り合う。想像力を駆使して大胆な仮説をたてる、談論風発、実に面白い刺戟的な日本および日本人論。
203771-7

お-10-3
光る源氏の物語（上）
大野　晋
丸谷才一
当代随一の国語学者と小説家が、全巻を縦横無尽に読み解き丁々発止と意見を闘わせた、斬新で画期的な『源氏論』。読者を難解な大古典から恋愛小説の世界へ。
202123-5

お-10-4
光る源氏の物語（下）
大野　晋
丸谷才一
『源氏』は何故に世界に誇りうる傑作たり得たのか。詳細な文体分析により紫式部の深い能力を論証する。『源氏』解釈の最高の指南書。〈解説〉瀬戸内寂聴
202133-4

お-10-5
日本語はどこからきたのか　ことばと文明のつながりを考える
大野　晋
日本とは何かを問い続ける著者は日本語とタミル語との系統的関係を見出し、日本語と日本文明の発展の歴史を平易に解き明かす。〈解説〉丸谷才一
203537-9

お-10-6
日本語はいかにして成立したか
大野　晋
日本語はどこから来たのか？　神話から日本文化の重層的成立を明らかにし、文化の進展に伴う日本語の展開と漢字の輸入から仮名遣の確立までを説く。
204007-6

か-54-1
中空構造日本の深層
河合隼雄
日本人の心の深層を解明するモデルとして古事記神話における中空・均衡構造を提示し、西欧型構造と対比させ、その特質を論究する。〈解説〉吉田敦彦
203332-0

す-24-1

本に読まれて

須賀敦子

バロウズ、タブッキ、ブローデル、ヴェイユ、池澤夏樹……。こよなく本を愛した著者の、読む歓びが波のようにおしよせる情感豊かな読書日記。

203926-1

た-77-1

シュレディンガーの哲学する猫

竹内薫　竹内さなみ

サルトル、ウィトゲンシュタイン、ハイデガー、小林秀雄——古今東西の哲人たちの核心を紹介。時空を旅する猫とでかける、「究極の知」への冒険ファンタジー。

205076-1

と-12-3

日本語の論理

外山滋比古

非論理的といわれている日本語の構造を、多くの素材を駆使して例証し、欧米の言語と比較しながら、日本人と日本人のものの考え方、文化像に説き及ぶ。

201469-5

と-12-8

ことばの教養

外山滋比古

日本人にとっても複雑になった日本語。時代や社会、人間関係によって変化する、話し・書き・聞き・読む言語生活を通してことばと暮しを考える好エッセイ。

205064-8

と-12-9

省略の詩学　俳句のかたち

外山滋比古

切れてつながる言葉の働きは日本語においてもっともよく現れる。切字の意味、機能にとくに着目し、日本固有の短詩型文学である俳句の神髄にせまる名著。

205382-3

と-12-10

少年記

外山滋比古

五銭で買った「レントゲン」、父からの候文の手紙、教練でとった通信簿の「でんしんぼう」、恩師と食べたまんじゅうの涙——思い出すままに綴った少年記。

205466-0

と-12-11

自分の頭で考える

外山滋比古

過去の前例が通用しない時代、知識偏重はむしろマイナス。必要なのは、強くてしなやかな本物の思考力です。人生が豊かになるヒントが詰まったエッセイ。

205758-6

わ-20-2

感覚の幽《くら》い風景

鷲田清一

おどろおどろしい闇が潜んでいたり、深い官能を宿らせていたり——言葉と身体の微妙な関係を、身体論の名手が自由自在に読み解く。〈解説〉鴻巣友季子

205468-4

各書目の下段の数字はISBNコードです。978－4－12が省略してあります。

つ-6-13
東海道戦争
筒井康隆
東京と大阪の戦争が始まった!! 戦闘機が飛び、重装備の地上部隊に市民兵がつづく。斬新な発想で現代を鋭く諷刺する処女作品集。〈解説〉大坪直行
202206-5

つ-6-14
残像に口紅を
筒井康隆
「あ」が消えると、「愛」も「あなた」もなくなった。ひとつ、またひとつと言葉が失われてゆく世界で、執筆し、飲食し、交情する小説家。究極の実験的長篇。
202287-4

つ-6-17
パプリカ
筒井康隆
美貌のサイコセラピスト千葉敦子のもう一つの顔は、男たちの夢にダイヴする〈夢探偵〉パプリカ。人間心理の深奥に迫る禁断の長篇小説。〈解説〉川上弘美
202832-6

つ-6-20
ベトナム観光公社
筒井康隆
新婚旅行には土星に行く時代、装甲遊覧車でベトナムへ戦争大スペクタクル見物に出かけた。戦争を戯画化する表題作他初期傑作集。〈解説〉中野久夫
203010-7

つ-6-21
虚人たち
筒井康隆
小説形式からその恐ろしいまでの〝自由〟に、現実の制約は蒼ざめ、読者さえも立ちすくむ、前人未到の長篇問題作。泉鏡花賞受賞。〈解説〉三浦雅士
203059-6

つ-6-23
小説のゆくえ
筒井康隆
小説に未来はあるか。永遠の前衛作家が現代文学へ熱きエールを贈る「現代世界と文学のゆくえ」ほか、断筆宣言後に綴られたエッセイ100篇の集成。〈解説〉青山真治
204666-5

か-61-3
八日目の蟬《せみ》
角田光代
逃げて、逃げて、逃げのびたら、私はあなたの母になれるだろうか……。心ゆさぶるラストまで息もつがせぬ傑作長編。第二回中央公論文芸賞受賞作。〈解説〉池澤夏樹
205425-7

い-116-1
食べごしらえ おままごと
石牟礼道子
父がつくったぶえんずし、獅子舞にさしだした鯛の身。土地に根ざした食と四季について、記憶を自在に行き来しながら多彩なことばでつづる。〈解説〉池澤夏樹
205699-2